KB008508

나비 날다

나비 날다

1판 1쇄 발행 2021년 3월 25일

지은이 서정숙
발행인 이선우
펴낸곳 도서출판 선우미디어
등록 | 1997. 8. 7 제305-2014-000020호
130-100 서울시 동대문구 장한로12길 40, 101동 203호
☎ 2272-3351, 3352 팩스: 2272-5540
sunwoome@hanmail.net

값 13,000원

ISBN 978-89-5658-657-1 03810

나비 날다

서정숙 에세이

선우미디어 sunwoomedia

책머리에

집을 감싸고 있는 산과 호수에 햇빛이 골고루 비친다.
씻은 듯한 나뭇잎과 윤슬이 반짝인다.
이보다 더 찬란한 풍경이 있을까.
눈부신 광경에 마음이 멎어
바라만 보고 있어도 모든 시름이 사라진다.
자연과 엉켜 살지 않았다면 꽃이 피는 일이
이토록 지극하고 애끓는 일인 줄 어떻게 알았을까.
햇빛과 비와 바람이 나무를 자라게 하고 꽃을 피게 한다.
그 속에서 함께 나이 들어가는 나도
꽃 한 송이 피우고 싶었는지 모른다.
야생화 60송이로 두 번째 꽃다발을 엮었다.

2021년 봄
서 정 숙

차례

3 발효와 부패

6 샤갈의 색채

| 1부 |

장미덩굴과 찔레

정원을 가꾸다

새로 정원을 만드는 이웃에게 꽃나무를 나누어 주었다. 기쁜 마음으로 가져가니 나누어 주는 나도 무척 즐거웠다. 마당 주위를 정원으로 가꾼 지가 15여 년이 되어 간다.

꽃과 나무를 좋아하는 나는 집을 짓고 그것부터 심을 자리를 만들었다. 빈 곳에 이 꽃 저 꽃, 꽃이 피는 것이면 갖다 심었다. 그 해는 많이 심었는데, 다음 해 봄이 되니 정원은 텅 비어 있었다. 우리가 사는 곳이 겨울이면 유난히 춥다. 꽃들이 겨울나기가 쉽지 않았다. 해가 지날수록 꽃에 대한 상식도 늘어갔다. 예쁜 것보다 월동이 되어 내년에도 꽃을 볼 수 있는 것으로 골라 심었다. 몇 년 동안은 꽃나무와 잡초가 누가 이기나 세력 다툼의 시기였다. 눈만 뜨면 그것들 싸움 말리느라 무척 힘 드는 시간을 보내야 했다.

봄은 선물 같은 계절이다. 봄이 오면 땅이 움직이는 게 보인다. 그럴 땐 내 몸이 깃털처럼 가벼워, 새싹을 밟아도 상처가 되지 않았으면 좋겠다. 봄은 가벼운 것의 천국이다. 꽃잎과 꽃가루가 바람이 없는 날에도 날린다. 나비가 소리 없이 날아다니는 사이 흔적 없이 가 버리는 봄이지만, 위대한 업적을 남기고 떠난다.

황금조팝나무와 삼색조팝나무는 잎이 꽃보다 예쁘다. 봄꽃이 소리를 내면서 핀다면 우리는 그 소리에 지쳐 잠시 집을 떠나 있어야 될 것 같다. 철쭉과 아이리스, 패랭이는 무리를 지어 한꺼번에 피고, 큰 나무는 수없이 많은 꽃들이 피어 꽃그늘을 만들어 준다.

원추리와 후룩스, 능소화와 참나리같이 붉은 색의 꽃들은 한여름의 땡볕도 아랑곳없이 싱싱한 모습으로 핀다. 여름 꽃을 보면 스페인 남부지방에서 본 플라멩고를 추는 무희가 생각난다. 집시의 처절한 영혼이 깃든 플라멩코를 관람하며 가슴을 쓸어내리지 않았던가. 처연한 열정이 여름 꽃과 닮았다.

가을에 피는 꽃들은 조선시대 처자의 모습들이 저러하지 않았을까 싶다. 다소곳하고 소박한 모습의 가을꽃은 살그머니 우리 곁에 다가온다. 개미취와 구절초가 그렇게 피고 온갖 야생화도 있는 듯 없는 듯 잔잔한 꽃을 피운다.

계절 따라 피는 꽃을 나는 시각과 촉각, 후각을 곤두세워 보고 느낀다.

겨울에도 나무들의 생명력을 볼 수 있다. 꽃눈이 모진 추위에도 아주 조금씩 봉긋하게 크고 있고, 죽은 듯한 가지를 자세히 들여다보면 엷은 초록빛이 내비친다. 정원의 꽃나무들은 10월 말이나

11월 초에 내리는 첫서리를 맞고 파김치가 되어 버린다. 화려한 색깔을 뽐내던 꽃나무들이 하루아침에 흉측한 몰골로 변한다. 몇 번의 서리에도 끄떡없는 아이비는 영하 10도정도가 되면 잎이 그대로 얼어버린다. 그리고 잎의 수분이 서서히 빠져나가 바싹거릴 때까지 가지에 붙어 있다.

정원의 질서는 겨울부터 시작된다. 몇 년 동안 지켜보니 정원에도 최소한의 역사가 있어야 질서가 생긴다는 것을 알았다. 그것들은 한 가지가 피고지면 다른 꽃이 필 준비를 한다. 얼마나 아름다운 연속인가. 봄에 피는 꽃을 위해 여름 꽃과 가을꽃은 봄꽃 그늘에 나직하게 비켜 있다. 봄꽃이 지고나면 여름 꽃의 꽃대가 성큼 자라 그 자리를 채운다. 여름 꽃이 지면 가을에 피는 꽃의 꽃대가 크게 자라있다.

꽃들의 질서를 보고 있으면 너무나 흐뭇하다. 자기가 나설 자리를 알고, 자기가 들어갈 시기를 아는 듯하다. 수년 동안 아름다운 질서를 보는 것은 참으로 기분 좋은 일이다. 정원의 사계절은 질서가 있지만, 그것에 얽매이지 않고 자유롭다. 자유로운 가운데 질서가 소리 없이 움직이며 이루어진다고나 할까. 이제는 내가 가꾸는 게 아니고, 그들이 자연스럽게 어울려 이루어내는 자연의 조화라고 생각한다.

어느 철학자는 "정원을 통해 깨달음을 얻고, 정원에서 위로를 받는다."라고 했다. 21세기 철학을 하는 가장 중요한 방법 중 하나가 정원을 가꾸는 일이라고 한 사람도 있다. 실제 정원의 개수만큼 사회문제가 줄어든다는 연구 결과도 있다지 않던가.

아침에 일어나면 정원을 한 바퀴 돌아본다. 그리고 선생님이 학생들 앞에서 출석을 부르듯 꽃과 나무의 이름을 차례로 불러본다. 대답은 없지만 "나 여기 있어요!" 하며 소리치며 나를 반기는 듯하다.

나목의 아름다움

은행나무가 가로수인 길을 자주 지나다닌다. 몇 년 동안 수 없이 지나다니면서 나목인 은행나무가 눈에 들어온 것은 며칠 되지 않았다. 쭉쭉 뻗은 굵은 가지의 나무가 즐비하게 서 있는 모습이 참으로 보기가 좋았다. 잎이 무성할 때는 보이지 않았던 높은 곳의 새집도 훤히 보였고, 잔가지도 숨김없이 한눈에 볼 수 있었다. 가지 사이로 보이는 하늘도 새로웠다.

얼마 전까지만 해도 은행나무의 잎이 떨어지면 을씨년스럽고 삭막한 분위기가 싫었다. 그럴 때면 여름날의 풍성했던 나무를 그리워했고, 가을에 느낄 수 있는 정취를 마음껏 탐했던 그 날을 그리워했다.

요 며칠 사이에 은행나무 잎은 미련 없이 조락해 나목이 되어버렸다. 그러던 어느 날 나목이 바람을 맞이하는 것을 보게 되었다. 자세히 보니 큰 나무는 바람에 흔들리지 않았고 작은 가지들만 파르르 떨고 있었다. 나뭇잎이 달려 있었을 때는 잔가지 끝에 달린 나뭇잎이 흔들리는 모습을 보고, 나무가 바람에 흔들린다고 느꼈던 것이다. 이제 보니 나뭇잎은 나무가 아니었다. 나무의 실루엣이 그대로 드러난 모습으로 가지가 바람에 흔들리는 것이 의연하게 보였다. 가벼운 바람에도 호들갑을 떨던 나뭇잎과는 격이 다르다고나 할까. 잎과 열매를 다 떨어뜨리고 나목인 나무가, 나무의 본래의 모습인 것이다.

나는 길을 가다가 나목을 쳐다보았다. 은행나무에 달려 있었던 내 몸 같은 나뭇잎을 어떻게 내칠 수 있었을까. 봄부터 여름 내내 키운 열매를 어떻게 떨어뜨릴 수 있었을까. 그러고는 열매가 땅에 굴러 다녀도 누가 주워가도 아무렇지도 않을 수가 있을까. 나목의 은행나무는 할 도리를 다하고 본연의 자세로 서 있었다. 여름의 풍성한 잎도 가을의 찬란한 빛깔도 아닌, 나목이 왜 이제야 아름답게 느껴지는 것일까.

우리 집 마당 끝에 커다란 자작나무가 한 그루 서 있다. 밑동은 하나인데 올라오면서 두 가지가 고르게 갈라져 있어, 두 나무가 서 있는 것처럼 보인다. 잎이 무성한 계절이면 하얀색의 가지에 푸른 잎이 물로 씻은 듯 반짝였다. 수없이 많이 달려있는 나뭇잎 하나하나에 영양분을 골고루 보내자면 나무가 얼마나 힘이 들까. 얼마나 많은 수액을 순환시키기에 잎들이 저토록 싱싱할 수 있을까.

한 나무에 달려 살아가고 있는 나뭇잎을 보자니, 한 마을에 모여 살아가는 사람들의 모습과 닮아 보였다. 한 마을 사람들은 같은 시간대에 밥을 먹고, 같은 시간에 일하고, 비슷한 시간에 잠을 잔다. 그만그만한 걱정과 그만그만한 즐거움을 느끼며, 별반 다름 없는 음식을 먹고, 동질의 아픔을 느끼며 살아간다.

자작나무의 수많은 잎도 바람이 스쳐 가는 시간도 같고, 비를 맞는 시간도 같다. 낙엽이 드는 시기도 같고 얼마의 사이를 두고 잎들이 떨어진다. 사람들은 땅에 뿌리를 내리고 살아가고, 잎들은 나무를 어미로 알고 살다 간다. 가을이 되어 잎이 떨어지면 나는 늘 여름날의 자작나무를 생각하며 쓸쓸한 마음으로 그 나무를 바라보곤 했다.

그런데 요즘 나는 잎이 떨어진 자작나무에 흠뻑 빠져 들었다. 나목인 자작나무는 위대하게 보이기까지 했다. 여름날의 풍성함도 가을날의 화려함도 다 추억으로 안고 초연한 모습으로 서 있기 때문이다. 보면 볼수록 피상적인 아름다움이 아니라 깊이가 있었고 이야기를 지니고 있었다. 그래서 자작나무를 오래도록 바라보고 있으면 얘기가 하고 싶어진다.

나는 찬바람을 맞으며 마당으로 나가 자작나무의 수피를 가만히 만져보았다. 차가울 것 같았지만 그다지 차가운 느낌이 들지 않았고 감촉이 무척 부드러웠다. 자작나무는 잎을 보내고 겨울을 잘 지내고 있었다. 하얀 겉피는 먼지가 끼어 회색빛을 띠었다. 회색의 얇은 껍질을 벗겨내니 하얗고 보드라운 속살이 드러났다.

다시 거실로 돌아와 자작나무를 바라보았다. 보기 좋게 떡 벌어진 하얀 나무에 잔가지는 까맣게 보였다. 창으로 내다보자니 한 폭의 대형 흑백 판화를 보는 듯하다. 그 누구도 흉내 낼 수 없는 기품 있는 작품이었다.

나목에서 아름다움을 느낄 수 있는 게 얼마나 다행한 일인지 모르겠다. 이제 나 또한 나목을 닮아 가고 있지 않는가. 감추고 싶어도 감출 것도 감출 수도 없는 세월이 온 것이다. 보일 것 다 보이고 버릴 것 다 버리고 바람이 불면 흔들리는 한 그루의 나목으로.

산이 옷을 벗다

우리 집은 마당에서 보면 오른쪽과 집 뒤가 산이다. 집을 둘러 싼 산이 높지는 않다. 나무를 베어내지 않았을 때는 꽤 높은 산으로 알고 지냈다. 그 산에는 키가 25미터까지 자라는 리기다소나무가 빽빽이 들어차 있고, 사이사이에 참나무와 밤나무 같은 잡목도 섞여 있어 숲이 울창했다. 리기다소나무는 척박한 땅에서도 잘 자라는 수종이라 40여 년 전에 벌거숭이산에 많이 심었다 한다. 지금은 아무 쓸모가 없어 천덕꾸러기로 전락했다.

해가 지날수록 키 큰 나무들은 우리 집을 침범하듯이 좁혀왔다. 지난해 봄부터 산림청 직원들이 산 주위를 오가는 모습을 자주 볼 수 있었다. 드디어 통보가 왔다. 가을부터 리기다소나무를 전부 베어내고 다른 수종의 나무를 심게 되었다는 것이다.

가을이 되니 나무를 베기 시작했다. 일군들은 산에 차가 다닐 수 있게 길을 만들었다. 벌목하는 사람들이 전기톱으로 나무 밑동을 자르고 긴 나무를 토막 내었다. 그것을 트럭에 옮기는 지게차가 바삐 움직였다. 나무를 가득 실은 트럭은 새로 난 길을 따라 산 밑으로 나무를 내려놓았다. 삽시간에 조용하던 산이 목재공장처럼 변했다. 며칠 만에 집만 덩그렇게 남고, 산은 옷을 다 벗은 모습이다. 군데군데 소나무 몇 그루씩은 남겨 놓았는데 나무의 키가 더 커 보였다. 나무가 없으니 우리 집의 울타리가 없어진 듯 허허로웠다.

침울한 마음으로 거실에 앉아 나무가 없어진 산을 바라보았다. 아, 그곳에는 가슴을 뛰게 하는 새로운 풍경이 기다리고 있지 않은가. 나무가 있을 때는 하늘이 보이지 않았고, 산등성이도 보이지 않았다. 이제는 산등성이도 보이고 하늘도 보였다. 하늘에 떠 있는 구름의 움직임도 거실에 앉아서 볼 수 있었다. 어디 그 뿐인가. 앞산 뒤에 또 다른 높고 긴 산이 길게 누워 있지 않은가. 푸른 숲만 보이던 곳에 전혀 다른 경치가 드러난 것이다.

그동안 나무는 숲이 되어 우리에게 많은 것을 주었다. 숲에 둘러 싸여 산다는 것은 큰 행운이고 크나큰 축복이었다. 눈만 뜨면 산에서 바람을 느끼고 산에서 계절을 느꼈다. 봄이면 산 벚꽃과 철쭉이 만발하고 원추리와 하늘말나리가 소나무 밑에서 하늘거렸다. 키 큰 나무와 키 작은 꽃들의 아름다운 조합을 보며 즐거웠던 기억은 잊지 못할 것 같다.

산은 여태까지 나무라는 옷을 입고 있었다. 나무는 계절이 바뀌면서 다른 색의 옷으로 아름답게 갈아입었다. 그러면 사람들은 산이 아름답다고 찬사를 아끼지 않았다. 이제 보니 나무는 산이 아니지 않는가. 아름답다고 했던 것은 나무였다. 산은 흙인 채 언제나 그 모습 그대로 있었다. 비가 오면 나무를 위해 물을 품고 가뭄이 오면 품은 물을 나누어 주며 나무를 키웠다. 산은 내 것이 아닌 것을 내 것인 줄 알고 열심히 나무를 돌보았다.

요즘은 옷을 벗은 산을 제대로 볼 수 있다. 믿음직스럽고 의연했다. 산은 이제 아무 여한이 없는 듯 보였다. 온갖 풍파 다 겪으며 나무를 키워 냈지만 산만 남았다. 산은 나무가 천년만년 같이 있을 줄 알고 모든 영양을 나무에게 내 주었으리라. 그런 산을 보고 있자니 산은 부모요 나무는 자식 같다는 생각이 들었다. 세상의 부모는 모든 것을 자식을 위해 내어 준다. 내 몸에 뿌리를 내리고 사는 나무처럼 자식들은 부모라는 산에 뿌리를 내리고 살았다.

다 자란 자식들은 분가하여 부모를 떠났다. 산이 아름다운 것은 나무가 있었기 때문이다. 부모가 즐거웠던 시절은 자식을 키울 때가 아니었을까. 세상의 부모는 자식이 떠난 그 자리 그대로 있다. 남은 부모는 그들을 그리워하고 떠난 자식은 또 하나의 산을 만들며 그 자식에게 모든 걸 바친다. 그게 인생이라고 사람들은 말한다.

옷을 벗은 산을 보며 내가 자식일 때를 생각했다. 우리의 부모를 생각하고, 현재의 내 자리를 되짚어 본다. 그리고 자식을 생각한다. 그들도 우리가 그랬듯이 우리가 걸어왔던 길을 크게 다르지 않게 걸어가고 있었다. 올봄에 소나무를 베어낸 자리에 자작나무의 묘목을 심었다. 산은 자작나무가 잘 자랄 수 있게 온 힘을 다하리라.

집 앞에 호수가 있어 물안개가 자욱한 날이 많다. 거실에 앉아 산과 산 사이의 골에 안개가 들어가 움직이는 모습을 바라보노라면 첩첩산중에 들어와 있는 착각이 들 정도다. 무엇과도 바꿀 수 없는 나만이 바라보며 즐기는 경치다. 산이 옷을 벗던 날에는 마음이 답답하고 허전했지만, 이런 멋진 풍경이 기다리고 있지 않은가.

있는 그대로

앞마당의 소나무 두 그루가 상태가 좋지 않다. 영양제를 맞히고 죽은 가지를 쳐 주면서 조심스럽게 바라보고 있다. 지난가을에 마당 공사를 하는 바람에 나무를 약간 이동한 게 무리가 간 모양이었다. 전문가를 불러도 별 도리가 없었다. 나무는 시나브로 몸살을 앓고 있었다.

우리 집 마당에서 불과 몇 미터 떨어져 있는 산에는 소나무가 많이 자라고 있다. 산에 있는 소나무는 몇 년에 한 번씩 간벌만 하고 사람의 손을 전혀 타지 않는다. 한 해가 다르게 나무답게 자라는 게 눈에 보인다. 우리 집의 소나무는 몸에 링거를 꽂고도 생기가 돌지 않으니, 저러다 죽는 것은 아닌지 여간 걱정이 되는 게 아니다. 그러던 어느 날 마당의 소나무도 산에 있는 소나무처럼 관심을 두지 않기로 마음먹었다. 나무쪽으로는 눈길도 주지 말고 모른 척하며 지내보기로 했다.

몇 년 전에 앞 건물과 뒷건물 사이에 모양이 좋은 소나무가 있어 사다 심기로 했다. 커다란 소나무를 옮겨 심는 일은 무척 어려웠다. 포클레인과 크레인까지 동원해 작업에 들어갔다. 크레인에 분을 뜬 나무뿌리를 밧줄로 잘 묶어 위로 올려서, 파놓은 땅속에 그대로 내려 앉혀야 했다. 뿌리의 분이 깨지면 안 되니 그 작업이 조심스럽게 진행되었다. 분은 나무를 옮길 때 뿌리와 흙이 분리되지 않게 새끼로 꽁꽁 묶은 상태를 말한다.

그런데 나무를 위로 높이 올리다가 밧줄이 끊어지면서 땅에 떨어지고 말았다. 가지는 찢어지고 분은 깨지고 최악의 상황이었다. 이제 소나무는 죽은 것이나 마찬가지였다. 갑자기 일하던 사람들의 얼굴빛이 침통하게 변했다. 나무 주인은 작업을 그만두라고 소리를 질렀다. 우리에게 나무를 살릴 수 없으니 내다 버리고 다른 것을 심어 주겠다는 것이다.

우리는 그 소나무를 버릴 수가 없었다. 그 나무가 있는 조경원을 여러 차례 지나다니면서, 모양이 좋아 탐을 낸 지가 오래 전이었다. 그 나무가 있는 곳을 지나면서 아직도 그대로 있는 것을 보면서 얼마나 반가워했던가. 그동안 소나무와 나눈 정을 생각해서라도 포기할 수 없었다. 또 소나무가 저렇게 자란 세월을 생각하면 어떻게 쉽게 버릴 수가 있단 말인가. 우리는 소나무의 모양과 크기가 마음에 들어, 무리해서라도 심으려고 했던 것이라 다른 나무는 아무 의미가 없었다. 아무튼 우리 생각은 심어 놓고 애는 써 보고 싶었다.

주인에게 사정해서 심어 놓고 가라고 부탁을 하면서 죽으면 그

때 다른 나무를 심자고 했다. 인부들은 최선을 다해 소나무를 심었다. 호수의 물을 기계로 퍼올려 나무에 물을 엄청 많이 주었다. 다 심고난 후 인부들은 소나무에 절대 손도 대지 말고, 그대로 두고 보기만 하라고 거듭 당부하며 돌아갔다.

차라리 약이라도 주고 살릴 방법이 있다면 무슨 짓이라도 해서 살릴 것 같은데, 그냥 가만히 놔두라니 답답하기 그지없었다. 살지 죽을지 모를 소나무를 매일 바라보아야 하는 일도 쉽지는 않았다. 누런 잎이 몇 개만 생겨도 가슴이 철렁하고 내려앉을 정도로 신경이 쓰였다. 소나무는 심어 놓고 삼 년은 지나야 살았는지 죽었는지 알 수 있다지 않던가. 그러니 심어 놓은 소나무를 보고 살 수 있는지 없는지 짐작하기조차 어려웠다.

일 년 동안 사계절을 다 보내도 나무는 나쁜 징조가 보이지 않았다. 보는 사람들마다 살았다고 장담했다. 우리도 살 것 같은 생각에 한 동안 흥분되었다. 이제 몇 년이 지난 그 소나무는 키도 크고 굵은 줄기가 휘어진 모습이 우리만 보기가 아까울 정도로 잘 자랐다.

그때 있는 그대로 가만히 두고 보는 일이 얼마나 어려운 일인가를 알았다. 아프면 이런저런 처방으로 치료를 하면 안심이라도 되련만, 그대로 두고 보기만 하라니 보통 어려운 일이 아니었다. 전문가도 죽는다는 소나무를 살려낸 것은 탁월한 처방이 있어서가 아니었다. 심어 놓고 있는 그대로 놔 둔 것이 전부이지 않는가. 산에서 사람들의 무관심 속에 각양각색의 모양새로 잘 자라고 있는 소나무를 보면 더욱 그런 생각이 든다.

이제 앞마당의 소나무도 제 힘으로 일어설 것이다. 적절한 바람과 비를 맞으며 자연에 적응하는 법을 스스로 익혀가며 나무답게 잘 자랄 것 같은 확신을 가져도 될 것 같았다.

자작나무

용평으로 여행을 갔을 때다. 숙소에서 밖을 내다보니 분명히 자작나무인 나무가 몇 그루 서 있었다. 잎을 보면 자작나무인데 나무를 보면 흰색보다 검은색과 회색이 더 짙었다. 친구들은 평소에 보아 왔던 하얀색의 수피가 아니어서 자작나무가 아니라고 했다. 나는 한눈에 봐도 자작나무가 중병이 들었다는 것을 알았다.

우리 집 입구에 자작나무 한 그루가 있었다. 두 줄기로 커다랗게 자란 나무는 계절마다 모습을 달리하며 위용을 뽐냈다. 그 나무가 지난봄에 잎이 달리지 않았다. 그 전 해에는 잎이 듬성듬성 나 링거로 영양제도 주고 신경을 많이 썼지만, 그 다음해는 봄이 되어도 잎이 하나도 피지 않는 변고가 일어났다.

밭인 이곳에 집을 지을 때 자잘한 자작나무 몇 그루가 둑에 자라고 있었다. 집을 짓기 위해 크지 않는 나무는 배어내고 그 때도 크게 자랐던 자작나무 한 그루는 그대로 두었다. 해가 갈수록 나무는 멋진 모습으로 변해갔다. 보면 볼수록 자작나무의 매력에 흠뻑 빠져들었다.

거실에서 밖을 내다보면 나무 한 그루가 한 폭의 살아 있는 그림이 되었다. 씻은 듯 싱싱한 잎이 햇빛에 반짝이는 모습은 미끈하게 자란 하얀 줄기와 어울려 언제나 청량감을 안겨 주었다. 마음이 편치 않을 때, 그 나무를 쳐다보는 것 만으로도 편안하게 정돈되는 느낌이 들었다.

가을이 오면 한 잎이 노란 깃발을 내달면 다른 잎들도 따라서 노란 옷으로 갈아입을 채비를 했다. 며칠이 지나면 초록의 옷이 금빛 옷으로 바꿔 입은 모습은 짧지만 아름다웠다. 나는 이따금 자작나무의 보드라운 수피를 만져보곤 했다.

얇은 수피의 나무를 만지면 감촉이 나무란 느낌이 들지 않았다. 아기의 피부처럼 곱고 보드라웠다. 한 겹 한 겹 수피를 가만히 벗겨보면 얇디얇은 종이 같은 것으로 여러 겹 이루어져 있다. 그 모습은 우리의 선조들이 추운 겨울에 하얀 무명옷을 여러 겹 입고 추위를 견딘 모습을 떠올리게 했다.

자작나무는 겨울을 무척 사랑하는 나무다.

몇 년 전에 모스크바 공항에 내리니 여자들은 모두 긴 밍크코트와 밍크 모자를 쓰고 있었다. 밖을 내다보니 쭉쭉 뻗은 자작나무가 먼저 눈에 띄었다. 주위 분위기가 밝지 않아 나무의 수피는 더욱 하얗게 보였다. 새하얀 나무들이 무리 지어 있는 것을 보자니 자작나무가 환하게 웃으며 우리를 반기는 듯했다.

집 앞에 있는 자작나무와 바람이 만나면 여러 형상을 만들어 낸다. 작은 바람은 잎을 떨게 만들고, 센 바람은 가지와 잎을 같이 움직이게 한다. 바람에 따라 갖가지의 모습을 연출한다. 그래서 땅에 고정되어 있는 나무지만 늘 자유롭게 움직이는 것처럼 보인다. 그 나무 밑에는 자잘한 풀들이 자라고 있었다. 자작나무는 어미인 양 그들의 바람막이가 되어 품고 있는 것처럼 보였다.

언제부터인가 이곳이 자작나무가 자랄 곳이 아니라는 생각이 들기 시작했다. 러시아의 눈 덮인 벌판에 하얀 줄기를 드러내고 서 있는 모습을 스크린이나 책에서 자주 보았기 때문일까. 아니면 강원도의 인가가 없는 숲속에서 잘 자라는 모습을 보아서일까. 흔하지 않은 자작나무 씨앗이 어디서 날아와 여기에 터를 잡았을까. 더 깊은 숲속으로 날아가다가 바람이 멈추어 이곳에 내려앉은 것일까. 제 자리가 아니라는 이런저런 생각이 자꾸 들었다.

염려는 현실로 나타났다. 집 앞의 자작나무는 우리도 모르게 속병을 앓고 있었다. 흰색의 나무가 차차 검게 변해갔다. 어쩌면 우리가 집을 짓고부터 나무는 앓기 시작했는지 모른다. 해가 지날수록 나무는 하얀색을 감추기 시작했다.

가로등이 있는 전신주가 범인일 것 같은 느낌이 들었다. 가로등의 위치를 바꾸어 보아도 이미 늦은 처방이었다. 나무 바로 옆에 있는 가로등은 해가 지면 불이 켜져 자작나무를 환하게 비춘다. 밤의 불빛은 식물에게 좋지 않아 열매를 맺지 못하게 한다지 않는가. 그 불빛은 자작나무가 계절 감각을 잃게 만들었던 것이다.

나무는 가을이 되면 겨울을 맞이할 준비를 서두른다. 나무들은 잎에 있는 영양분과 수분을 줄기나 뿌리로 보내는 떨켜를 시작한다. 그런데 가로등을 가까이 하고 사는 나무들은 가을이 왔는데도 따스한 가로등 불빛에 속아 떨켜의 시기를 놓친다지 않는가. 자작나무는 다른 나무에 비해 불빛에 더욱 약했다. 우리 집 자작나무는 가로등이 교란을 일으켜 월동준비를 하지 못해 결국 얼어 죽었던 것이다.

자작나무는 오랫동안 내적으로 아픔을 안고도 살아보려 버티고 있었다. 불과 몇 년 전까지만 해도 이곳에는 자동차도 가로등도 없지 않았는가. 갑자기 늘어난 자동차의 공해와 밤의 불빛을 이겨내지 못했다. 자작나무는 우리에게 자기 한 몸 던져 경고의 메시지를 보낸 것이나 다름없었다.

매화나무를 베다

살아 있는 매화나무를 베었다. 나무가 제법 나무답게 자라 그대로 그 자리에 놓아두어도 괜찮은 듯도 하지만 잘라내고 말았다.

오래전에 정원을 만들며 매화나무도 심었다. 서리와 눈을 두려워하지 않고 언 땅에서도 예쁜 꽃을 피워 맑은 향기를 낸다니, 한 그루 심지 않을 수 없었다. 처음 그 매화나무를 만났을 때는 엄지 손가락보다 조금 더 굵은 막대기 같았다.

묘목시장에서 살구나무, 벚나무, 목련 같은 나무가 일렬로 줄을 서 있고 맨 앞줄에는 명찰을 단 듯 커다랗게 나무 이름을 달아 놓았다. 이름표가 없으면 묘목은 다 똑같아 보였다. 초등학교 입학식 날 아이들 모습 같아 저절로 웃음이 나왔다. 매화나무 앞에서 걸음을 멈추고 그 중 한 그루를 골라 손을 잡고 집으로 데리고 왔다.

막대기 같은 나무를 심어 놓고 나무의 미래를 생각하며 꿈을 키웠다. 우리 집 마당에서도 매화를 볼 수 있겠고 매실도 딸 수 있겠구나. 매실은 청을 뜨고 장아찌도 담을 것이다. 매실을 담은 항아리에서 발효될 때, 뽀글거리는 살아 있는 소리도 들을 수 있겠지. 상상만으로도 즐겁고 행복했다. 매화나무에 물을 주고 거름을 주며 거둔 지가 10여 년 넘었다. 이제 누가 봐도 '매화나무구나' 할 정도로 자랐다.

매화는 동지 전에 피는 것은 '조매'라 하고 봄이 오기 전에 눈이 내릴 때 피는 것은 '설중매'라 했다. '한매' '동매'라는 이름으로 추위가 모질수록 더 맑은 향기를 피운다지 않는가.

그런데 우리가 사는 곳의 추위는 온도계가 내려갈 수 있을 때까지 내려간다. 감나무, 모과나무, 배롱나무도 이곳의 추위를 이겨내지 못했다.

나무들도 겨울잠을 잔다. 동물은 굴 속이나 비교적 따뜻한 곳에서 동면을 하지만 나무는 추위를 조금도 피하지 못하고 그대로 맞아 가지가 얼음이 되기도 한다. 그런 혹한을 이겨내고 좀처럼 죽지 않고 살아남은 나무들을 보면 정말로 대단하다는 생각이 든다.

매서운 추위에도 아랑곳없이 나무들은 다가올 봄을 준비한다. 제법 큰 봉우리를 달고 겨울을 이겨내는 나무도 있다. 매화나무는 아주 작은 봉우리가 추위 속에서 조금씩 조금씩 커지는 게 여간 신통치 않다. 매년 이른 봄이면 매화나무를 수시로 들여다보는 게 습관이 되다시피 했다. 조금씩 부풀어 오르는 미세한 모습도 놓칠 수 없는 즐거운 일상이 되었다. 올해는 꽃을 볼 수 있을까. 봉오리를 조금 더 키우면 얼어 죽지나 않을까, 봉오리가 작으면 제때 꽃을 피울 수 있을까. 조바심을 내며 봉오리를 조심스레 바라다보았다.

우리가 사는 지역에는 2, 3월에 꽃샘추위가 세차게 몰아닥친다. 말이 꽃샘추위지 한 겨울의 한파 못지않게 춥다. 어떤 해는 추위에 봉오리조차 맺지 못할 때도 있었고, 봉오리째 얼어붙어 더 자라지 못할 때도 있었다.

그 동안 우리 집 매화나무는 딱 한 번 꽃을 피웠다. 분홍빛이 도는 백매가 잎도 없는 나무에 붙어 핀 모습은 그 많은 선조들이 왜 시제로 매화를 삼았는지 알 수 있을 것 같았다. 어느 시인이 "모든 꽃은 제 가슴을 찢고 핀다."라고 했다. 우리 집에 핀 매화를 보고 있으면 그 표현이 절절히 들어맞았다. 나는 매일 아침 매화를 보았고 향기도 느꼈다. 한 번 본 매화를 어찌 잊을 수가 있을까.

그러나 내 이기심으로 매화나무를 베어내고 말았다. 차라리 속이 시원했다. 이제 봄마다 매화나무를 보며 가슴앓이를 하지 않아도 되지 않은가. 베어져 나뒹그러진 나무 등걸은 내가 그렇게 애틋하게 꽃을 피우기를 기원하며 바라보았던 나무였던가. 애써 쳐다보지 않으려 했다. 그동안 매서운 추위와 맞서 싸우며 살아내느라 애쓴 것을 모르는 것도 아니다.

매화나무를 베어내던 날을 오래도록 잊지 못할 것 같다. 나무에 대해 가차 없던 마음과 짠한 마음이 교차하던 그때의 심정을.

덩굴장미와 찔레

며칠 전부터 덩굴장미가 한창이다. 우리 집 정원에 아치형으로 만들어 놓은 구조물을 타고 겹겹의 붉은 꽃송이가 활짝 피었다. 은은한 향기가 벌과 사람을 꽃 주위로 모이게 한다.

친구네 집에도 수년 전에 사다 심은 덩굴장미가 한 그루 있다. 그 집 나무가 몇 년째 이상한 징조를 보이기 시작했다. 나무의 반은 장미꽃이 피고 반은 찔레꽃이 피더니, 지난해는 완전히 찔레나무로 변해 버렸다. 덩굴장미를 심은 데가 바람이 심하고 햇볕도 잘 들지 않는 음습한 곳이라 겨울이면 얼음이 녹지 않는다. 봄 여름 동안 잘 자란 나무가 겨울이면 추위를 이기지 못하고 반은 죽어 버린다. 다시 봄이면 싹이 돋길 반복하더니, 어디서나 잘 사는 찔레로 변한 것이다. 친구는 집 주변의 야트막한 산에 가면 흔하게 볼 수 있는 찔레를 정원에 두어야 하나 캐 버려야 하나 고민 중이다.

덩굴장미는 찔레에 접목해서 태어나 이름이 덩굴찔레로 불리기도 한다. 친구 집에 있는 덩굴장미는 열악한 환경에서 죽었다 살아나기를 거듭했다. 그러더니 그 환경에서 살아나기 위해 본래의 모습인 찔레로 돌아간 것이리라. 덩굴장미가 덩굴장미로 살기 위해 안간힘을 쓰다가, 더 이상 버틸 수 없게 되자 찔레가 되어 버린 것을 보자니 안타까운 생각이 들었다. 그 모습은 어느 퇴직자를 보는 것 같아 마음이 무거워졌다.

우리 이웃에 있는 펜션에 부부가 일하러 왔다. 남편 되는 사람은 50대 말이나 60대 초쯤 되어 보이고, 부인은 그보다 좀 아래인 것처럼 보였다. 부부는 일하는 사람으로 보이지 않게 세련된 차림새에 말쑥한 인상을 하고 있었다. 남자는 대기업에 다녔고 여자는 집에서 살림만 하며 단란하게 살았다고 한다. 그들에게도 명퇴의 바람은 불어왔다. 많지 않는 퇴직금으로 사업을 하다가 모든 재산을 날리고, 숙식까지 제공하는 펜션에서 일하기 위해 취업을 한 것이다. 얼마 전까지는 이런 일을 상상이나 했을까만 그들 부부에게 현실은 혹독했다.

5,60대가 젊은 시절 직장에 다닐 때는 우리나라 경제가 일어날 시기여서 누구나 바쁘게 지냈다. 직장생활을 하며 퇴직 후의 생활을 생각할 여유도 없었다. 집 안에서 살림하는 주부들도 적은 봉급으로 알뜰하게 살며 아이들 키우는 데 열중했다. 돈이 좀 모아지면 지금 집보다 넓은 집으로 옮겨 다니며 행복해 하지 않았던가. 그런데 중년이 되어 몇 번의 경제 위기를 겪으면서 모든 게 무너졌다. 그들은 퇴직금도 제대로 못 받고 떠밀려서 퇴사하지 않

았던가. 완전히 다른 사회에 내던져진 그들은 무엇을 어떻게 해서 생활을 예전대로 이끌어 가야 할지 막막하기만 했다. 대다수의 자식들은 아직 자립할 수 있는 처지도 아니었다.

그들은 다시 사회 초년병이 되어 직장을 구하러 떠돌았다. 처음에는 체면을 유지할 수 있는 곳을 알아보다가 허송세월만 보낸다. 더이상 눈치 볼 것이 없어질 지경에 이르자 경비 자리도 마다하지 않는 사람을 쉽게 볼 수 있다.

우리도 남편이 퇴직하자 매달 들어가는 생활비를 걱정을 안 할 수가 없었다. 생각할수록 앞으로의 일이 막막했다.

예전처럼 생활할 수 없다면 굳이 도시 생활을 고집할 필요가 없을 것 같았다. 오래 전에 사 놓은 땅에 집을 짓고 전원생활을 하자고 일 년 동안 남편을 설득해 펜션을 지었다. 우리 부부는 농부가 되기도 하고 잡부가 되기도 하고, 청소부가 되기도 하며 시골 생활을 하고 있다.

서울에 살 때는 집안에 못 하나도 못 박던 남편이 이제는 공구도 잘 다루고 못 고치는 게 없을 정도의 실력을 갖춘 일등 일꾼이 되었다. 몸을 움직여 일을 하고 사니 덩굴장미가 찔레가 된 모습이 아닐 수 없었다. 이제는 어디서든 살아갈 수 있는 야생의 찔레가 다 된 것이다.

친구네 집의 덩굴장미는 찔레가 덩굴장미가 되고, 덩굴장미가 찔레가 되었다. 그것은 다른 개체가 아니고 한 몸에서 일어나는 변화이지 않은가. 덩굴장미는 찔레가 되지 않으려고 몇 년 동안 죽을힘을 다해 애를 썼지만, 그래도 살아야 했기에 찔레가 되지 않았는가.

찔레꽃은 소박하다. 화려하지는 않지만 자세히 들여다보면 얼마나 예쁜지 모른다. 그 향기는 어느 꽃보다 뒤지지 않는다. 척박한 땅에서도 잘 자라고 적응력이 뛰어난 찔레가 오히려 삶을 적극적으로 살아가는 사람들의 모습과 닮아있지 않던가.

펜션에서 일을 시작하는 그 부부에게, 덩굴장미도 찔레의 기운으로 태어난다는 것을 말해 주고 싶다.

꽃의 향기

어디서 꽃향기가 풍겼다. 작년에 꽃을 보고 화분을 정원 뒤쪽에 묻어 두었더니, 올해에 몇 송이의 꽃이 피어났다. 두 가지 색이 섞여서 예쁜 모습으로 고개를 들고 있었다. 순하고 착한 향기가 주위에 감돌았다.

꽃향기에 절을 하는 스님을 보았다. 그는 매일 공부한다고 앉아 있고 좋은 일만 하고 살자고 마음먹어도 향기가 나지 않는데, 꽃의 향기가 너무 존경스러워 절을 한다고 했다. 사람을 만나면 절을 하 듯, 향기가 나는 꽃을 보면 절을 하는 것이었다.

사람은 몸과 마음을 얼마나 갈고 닦아야 향기가 날 수 있을까. 몸을 혹사하며 어렵게 살고 부처님의 가르침 대로 행하면 죽은 뒤에 향기가 날까. 그러면 저 꽃은 누가 죽어서 나는 향기일까. 스님은 이런 생각을 하며 꽃향기에 절을 하지 않았을까 싶다.

아침 산책을 나갔다가 잡초가 꽃을 피운 것도 모르고 밟은 적이 있다. 허리를 굽혀 그 꽃을 들여다보자니 꽃잎 하나 다치지 않고 그대로 있지 않은가. 사람에게 밟혀도 아무렇지도 않을 정도로 낮고 작은 꽃은 강했다. 꽃이 작다고 예쁘지 않는 것은 아니었다. 앙증스런 꽃잎 넉 장에 꽃술까지 완벽하게 갖추었다. 너무 낮게 있어 향기를 맡을 수 없어 몸을 최대로 많이 낮추어 코를 꽃에 갖다 대었다. 풀냄새와 더불어 미미한 향기를 맡을 수 있었다.

보기에는 하잘 것 없고 연약해 보이지만 그 꽃의 내공을 생각해 보지 않을 수 없었다. 지난해 꽃이 지고 다시 꽃을 피우기 위해 두려움과 떨림을 가득 안고 꽃 피울 날을 기다린다. 모진 비바람을 견뎌내고 뿌리와 줄기가 소홀함 없이 온 힘을 합쳐 그 날을 준비해야 한다. 꽃이 봉오리로 입을 다물고 있을 때 한 겹 한 겹 꽃잎을 벗겨 본 적이 있었다. 아름답고 비밀스런 내실을 들여다본 느낌이랄까. 경이로운 색채 속에 꽃잎이 겹겹으로 온전한 모양을 지니고 있지 않았던가. 그러고도 한참 뒤에야 꽃이 봉오리를 터트린다. 꽃을 피우는 데 급급하지 않았다. 모든 준비가 완벽할 때 꽃잎 하나하나를 피워 내었다.

아직은 쌀쌀한 날씨에 세차게 꽃봉오리를 찢고 터지는 매화의 고매한 향기가 귀하지 않을 수 있을까. 지난해에 매화나무 가지에 달려있는 봉오리의 안간힘을 보았다. 나는 그 무렵 꽃이 피려고 준비를 하고 있는 매화의 꽃봉오리를 매일 들여다보게 되었다. 자주 보니 큰 변화는 없었지만 약간씩 벙그는 봉오리가 경이로웠다. 그러던 중 개화 시기에 50년 만의 폭설이 내렸다. 기온은 급강하하여 더 이상 봉오리를 부풀게 하지 못했다. 지난해 열매가 떨어지자 열 달 동안 꽃필 준비만 하다가 한번 피어 보지도 못했으니 얼마나 슬픈 일인가. 그 해는 봉오리째 말라 떨어지고 말았다. 우리 집 매화가 개화를 하지 못하는 아픔을 겪었다.

꽃이 피어야 향기가 나고 열매를 맺는다. 꽃이 피자면 따스한 햇볕과 온화한 기온에 산들바람과 적당한 비가 와야 한다. 그리고 꽃나무의 준비와 결단이 있어야 된다. 우리가 쉽게 볼 수 있는 꽃이라 쉽게 피는 줄 알지만 집에서 꽃나무를 키워 보면 그렇지 않았다. 꽃을 피우고 향기를 얻기까지 쉬운 일이 아니니, 스님이 아니라도 꽃의 향기에 감사의 절이라도 해야 될 것 같았다.

그러면 사람에게서 향기가 나려면 얼마나 많은 인고의 세월을 기다려야 하는 걸까.

성철 스님은 기우고 기워 누더기가 된 두 벌의 가사만을 세상에 남기고 떠나셨다. 김수환 추기경이 세상에 살다간 흔적은 신부복과 묵주뿐이었다. 지난해에 추기경이 남긴 유품이 하나 더 있다는 기사를 보았다. 추기경이 기증한 각막을 이식받고 시력을 되찾은 시골사람이 용달차를 몰게 되었다는 것이다. 두 분은 살아생전에 능변으로 설교하던 분이 아니었다. 성인의 삶을 실천하셨기에 돌아가시자 그 향기가 세상을 진동하게 만들었다. 종교의 울타리를 넘어 살아 계실 때보다 더 진한 향기로, 사람들의 마음을 흔들어 놓았다.

그분들의 고귀한 삶을 우리는 따라 할 수가 없다. 그러면 보통 사람의 향기는 대체 어디서 나는 것일까. 마음에서 우러나오는 인간미는 아닐까. 자신을 낮출 줄 아는 겸손한 사람에게서 풍기는 것은 아닐까. 꽃의 향기가 저마다 다르게 독특한 향기를 가졌듯이, 사람의 향기도 한 가지로 말할 수 있는 것이 아니라 생각된다. 매화의 엷은 향기도 쉽게 얻어지는 게 아닌데, 사람에게서 미미한 향기라도 날 수 있게 하려면 얼마나 많은 노력이 필요하겠는가.

콩국수 한 그릇

올해도 아는 할머니 댁에 깻잎을 뜯으러 갔다가 풋콩을 한 바구니 샀다. 돈을 주고 사긴 했어도 내가 농사를 지어 거두어들인 듯 흐뭇했다.

싱싱한 콩깍지를 벗기니 네 개가 나란히 들어있는 것도 있고, 다섯 개가 들어있는 것도 있었다. 콩깍지 속에 들어있는 콩마다 색깔이 달랐다. 핑크색은 수줍은 모습으로 박혀 있었고, 회색빛을 띤 보라색은 중후한 멋이 담겨 있었다. 흰색에 회색 줄무늬를 붓으로 그린 듯한 콩은 인디언들의 얼굴을 생각나게 했다. 콩깍지를 깔 때마다 다른 색의 콩이 나오니, 콩 까는 게 지루하지 않고 재미가 났다. 깐 콩을 바구니에 소복이 담아 놓고 행복한 마음이 되어 한참을 들여다보았다.

이태 전에 나도 콩 농사를 지었다. 집 주위에 잡초가 무성한 빈 터가 있어 밭을 만들어 볼 생각이었다. 이리저리 궁리하다가 콩을 심어 보기로 했다. 콩 농사는 다른 것에 비해 비교적 농사짓기가 편하다고 들었기 때문이다. 빈터에 자리 잡고 있는 잡초부터 뽑아냈다. 지난가을에 하늘거리며 많이도 피었던 망초 꽃의 꽃대도 뽑았다. 쑥부쟁이도 뽑아냈다. 땅에 붙어서 자라는 토끼풀을 호미와 괭이로 제거하고 콩이 자랄 터를 만들었다. 며칠 동안 눈만 뜨면 그 밭에서 지내다시피 했다. 콩 심을 마음에 힘든 줄도 몰랐다. 땅을 반듯하게 만들어 놓고 줄을 맞추어 콩을 심었다.

싹이 올라올 때가 지났는데도 기미가 보이지 않았다. 농사를 오래 지은 사람의 얘기를 들어 보니, 씨를 얕게 심어 산새가 파먹었을 것이란다. 그동안 주위에서 아름다운 소리로 시골생활을 풍요롭게 해 준 새의 짓이라니 화가 나지 않았다. 새가 눈치채지 못하게 땅을 좀 깊게 파고 콩을 심으니, 얼마 후 튼실한 싹이 올라왔다. 새싹을 보고 있자니 씨앗의 생명력과 살아 있는 땅의 힘이 나에게 그대로 전해졌다. 콩은 잘 자랐다. 꽃을 피울 때나 열매를 맺을 때는 자주 콩밭에 드나들며 여느 꽃보다 아름답게 바라보곤 했다.

콩밭에는 잡초가 많이는 자라지 않았다. 그래도 한두 번 정도 잔풀을 뽑으니 밭이 훤해졌다. 콩이 자라는 밭에 가 보면 농부가 농사짓는 마음을 어렴풋이라도 알 것 같았다. 콩이 영그는 것을 들여다보면 저절로 가슴이 뿌듯했다. 드디어 가을이 되어 콩을 수확하기에 이르렀다. 엄밀히 따지면 콩 농사는 내가 지은 게 아니었다. 땅이 갖고 있는 넉넉한 품과 하늘에서 내려주는 햇빛과 비와 바람이 콩을 자라게 했다. 그리고 또 콩꽃 주위를 맴돌던 곤충의 힘도 컸다. 봄에 씨앗을 심어 여름에 열매를 맺고, 가을에 콩이 익으니 계절을 헛되이 보내지 않은 것 같았다.

콩대를 뽑아서 볕에 말렸다. 볕에 말리는 중에 시골서 어머님이 올라오셨다. 콩대를 널어놓은 것을 본 어머님은 콩깍지에서 콩을 골라내어 널어놓으셨다. 콩이 고르지 못했다. 깍지 속에 있을 때는 몰랐는데 까놓으니 볼품이 없었다. 큰 것도 더러 있긴 했지만 거의 알갱이가 작았다. 어머님은 콩 수확이 시원치 않아도 거기에 대해서는 아무 말씀이 없으셨다. 잘 말려 보관하라며 내려가셨다.

다가올 여름에는 잣이나 땅콩을 넣어 맛있는 콩국수를 만들어 지인들과 나누어 먹을 생각을 하니 미소가 절로 나왔다. 우리 집은 여름이면 콩국수를 해서 먹는 걸 즐긴다. 콩국수 한 그릇을 후르륵 뚝딱 먹고 나면 아무리 더운 날에도 땀이 마른다. 국물을 좋아하지 않는 남편도 콩국수는 국물까지 다 비우며 배불러 한다.

더운 날 불 앞에서 지지고 볶고 하는 음식 만들기는 고역이다. 불려놓은 콩을 살짝 삶아서 냉장고에 보관했다가 믹서로 곱게 간다. 소면을 넣고 얼음을 띄우고 채 썬 오이를 얹어 먹는 콩국수의 맛은 어디다 비교할 수 없을 만큼 여름날의 별미지 않은가. 내가 농사지은 것으로 콩국수를 만들어 먹을 때마다 생색 낼 생각을 하니 벌써 기분이 날아갈 듯 좋았다.

이튿날 농사에 아무 도움이 되지 않는다는 가을비가 추적추적 내렸다. 비가 내리는 것을 보고 있자니 이상하게 마음이 개운치가 않았다. 깜짝 놀라 콩을 널어놓은 곳으로 달려갔다. 콩은 이미 비에 흥건히 젖어 있었다. 농사를 잘못 지어 볼품없던 콩들이 커다랗게 커져 있는 게 아닌가. 비에 불지 않고 저 정도의 크기를 수확했다면 콩 농사는 대성공이지 않은가. 그러나 퉁퉁 불어난 콩을 바라보며 농사짓기가 쉽지 않다는 것을 또 다시 절감해야 했다.

콩국수 한 그릇도 쉽게 얻어지는 게 아니었다. 콩 농사를 지어 보니 한 톨의 콩도 허투루 보이지 않았다. 농부의 정성과 자연의 고마움이 가득 담겨 있는 콩국수 한 그릇.

| 2부 |

침입자

국화차를 마시다

국화꽃을 따서 말렸다. 작은 꽃송이와 짙은 노란색을 가진 감국의 향기가 진하다. 꽃을 끓는 물에 살짝 데쳐서 말린 감국 몇 송이를 찻잔에 넣고 물을 부었다. 국화가 차로 거듭나는 순간이다.

차를 앞에 두고 앉으니 일 년 동안 어수선했던 내 모습에 가닥이 잡히는 듯했다. 지난여름은 너무 더워 지쳤고, 가을엔 몸에 기운이 떨어져 감기를 달고 살지 않았던가. 언제 일 년이라도 내가 나를 돌아본 적이 있었던가. 차 한 잔을 앞에 두고 있자니 여름에 지친 몸을 돋우지 않아 감기가 떠나지 않았다는 생각이 드는 것이다.

김이 나는 차를 입으로 갖다 대었다. 국화의 향기가 코로 들어왔다. 차로 입을 적셔본다. 향기를 목으로 넘겼다. 향기가 온 몸으로 퍼져 차가 아니라 향기가 돌아다니는 것 같았다. 한 잔을 다 마시니 몸이 더워지며 국화 향기로 심신이 맑아지는 느낌이 들었다.

감국 차를 싫어하는 사람이 있다. 진한 차를 마셨기 때문이다. 꽃송이를 여러 개 넣으면 향기가 지독해져 마시기가 쉽지 않다.

너댓 송이를 넣고 찻물이 노르스름해질 때가 마시기에 알맞다. 나는 내가 따서 말린 작은 꽃송이의 향기가 좋다.

국화차를 마시면서 국화의 지난 일 년을 생각하고, 내가 산 일 년도 정리할 수 있다. 내가 더 나은 사람이 되는 기분이 들었다. 내가 그렇게 향기 나는 사람이 못 되고, 앞으로도 이런 맛을 낼 수 있는 사람은 더 더욱 못 되니, 국화의 향기라도 잠시 몸에 담고 싶은 것은 아닌지 모르겠다.

국화차 한 잔에는 햇빛도 들어있고 바람도 들어있다. 나비가 앉았던 흔적도 보이는 듯하고, 벌들이 옮겨 다닌 모습도 눈에 아른거린다. 차 한 잔에 들어있는 자연의 조합을 생각하게 된다. 한 송이의 꽃이 피기까지 일 년 동안에 국화꽃이 기울인 정성과 노고를 생각해 본다. 국화꽃을 따면서 자연의 이치를 느끼고 자연의 고마움을 알게 되리라.

차 한 잔에 들어있는 세계를 생각한다. 올해는 두 번이나 큰 태풍이 국화나무를 쓸었다. 긴 장마에 가녀린 몸을 그대로 비에 적시며 그 비를 땅으로 흘러 보내는 일을 충실히 해냈다. 꽃을 따러 야트막한 산으로 올라가니 국화가 너무나 싱싱한 모습으로 피어 있었다. 땅은 비를 품고 있다가 국화가 꽃을 피우는데 도움을 주었다.

단풍이 잘든 나무들 사이에 짙은 노란색의 감국이 무리 지어 피어 있는 모습은 가을 산을 풍요롭게 해 주었다. 꽃이라고는 없는 야산에 마지막으로 남은 감국의 꽃향기는 온 산을 진동하게 만든다. 감국의 꽃이 화려하거나 아름답지가 않다. 꽃이 귀한 시기에 풀과 나무와 어우러져 함초롬히 피워 있는 소박한 자태에 사람들은 반하고 만다.

시골이 집인 친구가 있었다. 어느 해 가을에 그 친구한테서 편지가 왔다. 그 편지를 받은 지가 40여 년이 지났는데도 감국이 피는 가을이면 그 친구 생각이 난다. 가을이면 친구는 감국을 찾아 들판을 헤맨다. 감국 말린 것을 베개 속으로 쓰면 불면증에 도움이 된다고 했다. 할아버지의 베개 속으로 감국 말린 것을 쓰는데 그것을 매년 그 친구가 마련한다는 것이었다. 감국의 꽃송이가 작아 몇날 며칠을 따야 한다고 했다. 예전에는 그냥 흘려들었는데 이제야 감국의 좋은 기운을 느낄 수 있어 공감이 갔다.

국화차를 마신다.
바람과 햇빛도 마신다.
천지의 기운을 마신다.
국화꽃에 녹아든 모든 것을 마신다.

겨울에 국화차 한 잔을 앞에 놓으니 철이 드는 것 같다. 따뜻한 국화차 한 잔을 앞에 놓고 일 년을 돌아본다. 그동안 살아온 세월을 생각한다. 이제는 어른 흉내가 아니라 진정한 어른이 되어야겠다는 생각이 든다. 비로소 어른이 되어가는 것은 국화차 때문은 아닌지 모르겠다.

새벽

새벽에 산책을 나갔다. 안개가 잔뜩 낀 새벽에 호수를 한 바퀴 돌아오는 산책 코스가 지루하지 않다. 사방에 하얀 얇은 커튼을 친 듯한 길을 걸었다. 앞을 보고 걷고 있었지만 잘 보이지는 않았다. 희미한 시야 속에 검은 상이 보이는데, 전봇대일 수도 있고 나무일 수도 있었다. 더 가까이 다가가면 물체가 움직였다. 그것은 사람이었다.

사람은 멀리서는 전봇대나 나무와 같아 보이는데 가까이 가면 움직이는 게 느껴졌다. 사람은 자유자재로 움직일 수 있는 능력이 있구나. 그것이 나무와 사람이 다르구나. 다 아는 사실에 다시 놀라게 되는 게 새벽이기 때문이다. 새벽에는 아무것도 아닌 것에 놀라고 아무것도 아닌 것이 신비롭고, 아무것도 아닌 생각이 신선하다.

한 겹 어둠이 걷히면서 나무가 나무로 보이고 전봇대가 전봇대로 보였다. 새들은 이른 새벽을 좋아하는지 벌써 끝없이 조잘거리며, 나무와 나무 사이를 날아다닌다. 산비둘기도 일어난 지 오래 되었는지 활기차다. 호수 위의 철새도 삼삼오오 짝을 지어 물 첨벙 놀이에 정신이 없다. 우리에겐 이른 시간이지만 그것들은 벌써 한낮인 것 같았다.

조금 더 걸어가자니 전봇대에 걸쳐 있는 전깃줄도 보이고 나뭇가지의 잎도 보인다. 사방이 제 색을 내며 깨어나고 있었다. 그 순간들이 아름다웠다. 솔가지의 솔잎도 셀 수 있을 정도가 되고 길섶의 작은 풀잎도 구별할 수 있었다. 하늘이 하늘로 보이면 어둠과 안개가 벗겨졌다.

새벽하면 잊혀지지 않는 발자국소리가 있다. 우리 집은 남동생들이 고등학교에 들어가면 다른 집과 달랐다. 공부에 매달려야 할 시기에 아버지는 동생들을 새벽에 신문배달을 시켰다. 새벽이면 아버지가 안방에서 마루를 지나 동생 방으로 가시는 발자국소리를 듣곤 했다. 자느라 자주 듣지는 못했지만, 어쩌다 들었던 그 소리는 오래도록 가슴에 남아 있었다.

아버지는 일어나기 싫어하는 동생들을 깨워서 어두운 새벽으로 내보냈다. 그때 아버지는 당신의 능력으로는 자식들에게 물질적으로 물려줄 것이 아무것도 없다는 것을 이미 아셨던 모양이다. 공부보다 중요한 것을 경험할 수 있게 새벽에 아들들을 깨워서 어두운 세상을 가르게 했다. 동생들은 하루도 거르지 않고 새벽을 달렸다. 시간이 갈수록 그들의 정신과 몸이 야물어져 가는 게 눈에 보였다. 부모께 타서만 쓰던 용돈을 벌어서 쓰니, 적은 돈이지만 그 가치를 일찍 깨우치게 되는 것 같았다.

동생들은 새벽에 떠지지 않는 눈을 부비며 집을 나갔다. 아침밥을 먹을 때쯤 그들은 새벽의 정기를 받아 밝고 활기찬 모습으로 들어와 밥상을 받았다. 그 시절 나에게 새벽은 단지 글자가 주는 의미, 그 이상도 이하도 아니었다. 새벽을 경험해 본 일이 거의 없었기 때문이기도 했다. 밥을 먹으며 동생들은 우리가 자는 동안에 있었던 새벽 이야기를 식구들에게 재미있게 들려주었다. 요즘 생각하면 신문을 배달하는 일이 쉬운 일은 아닐 텐데, 그들은 짜증 한 번 내지 않고 그 일을 해냈다.

새벽에 일어나 일하는 사람들의 고단한 삶을 동생들은 그때 벌써 알고 있는 듯이 보였다. 우유를 배달하는 부부와 새벽에 구멍가게 문을 여는 아저씨와는 서로 인사를 주고받는 사이라고 했다. 3년 동안 새벽을 달리며 신문을 배달했던 일이 동생들의 삶에 어떤 영향을 주었을까. 아버지가 그 일로 자식들에게 바랐던 것은 무엇이었는지 잘 모르지만, 그들의 인생의 방향에 큰 지표가 되지 않았을까 생각된다. 새벽을 달려온 동생들은 별 찬 없는 아침밥을 한 그릇 비우고, 씩 웃으며 등교하던 모습이 어제 일처럼 떠오른다.

동틀 무렵의 새벽은 가장 어두운 느낌이 든다. 그 어둠은 그리 오래 가지 않는다. 저녁은 자꾸 어두워지는데, 새벽은 차츰 밝아오니 이 얼마나 좋은 징조인가. 동틀 녘의 떠오르는 한 줄기의 빛은 실의에 빠진 많은 사람의 가슴을 따듯하게 해 준다. 새벽에 새롭게 솟아오르는 태양을 맞이하며 어제의 어려웠던 일은 잊어버리고 가슴에 희망을 담는 게 우리네의 삶이지 않는가.

요즘 나는 새벽마다 산책하며 감사하는 마음이 생겼다. 아직은 건강해 새벽에 걸을 수 있어 감사하고, 옹졸했던 생각과 행동을 꺼내 볼 수 있는 이 한가한 시간에 감사한다. 새벽에는 하루도 같은 모습을 보이지 않는 자연의 조합에 감사하고, 그것을 느낄 수 있는 여유로운 마음에 내가 나에게 감사한다. 예전에 새벽을 달려온 동생들의 상기된 얼굴과 생기 있는 모습은 새벽을 달려서 얻을 수 있었던 큰 선물이었다. 그것 또한 뒤늦게 감사한 마음이 드는 것이 새벽이기 때문이다.

창으로 보는 풍경화

우리 집 거실은 사면에 창이 있다. 의자에 앉아서 정면을 바라보면 벽 대신 커다란 창이 차지한다. 그 옆에 기역 자로 꺾어진 벽이 좁다랗다. 거실과 주방까지 긴 복도가 있는데, 복도의 외벽이 유리로 되어 있다. 그래서 거실에 앉아서도 전혀 답답함을 느끼지 못한다.

그 다음에 큰 창은 남쪽으로 향해 있다. 집을 지을 때 조망을 따르다 보니 우리 집은 방향이 좋지 않다. 그래서 남쪽으로 큰 창을 내어 양광을 최대한 많이 끌어들이고 있다. 서쪽 벽에는 높은 곳에 세 개의 창이 나란히 나 있는데 인테리어 효과도 있지만, 겨울에는 서쪽으로 넘어가는 해를 끝까지 받을 수 있어 좋다. 그 창으로 보면 산봉우리와 구름이 두둥실 떠다니는 풍경이 세 개의 창으로 이어져 보이기도 한다.

북쪽에도 작지 않는 창이 나 있다. 거실에 이렇게 많은 창이 있지만 내가 제일 좋아하는 것은 북쪽으로 난 창이다. 북창으로 보면 호수를 감싸고 있는 높지 않는 산이 보이고 물이 우리 집에서 제일 가깝게 느껴지는 곳이다. 창문 바로 앞에는 공작단풍의 나뭇가지가 운치 있게 늘어져 있다. 마당 끝에 서 있는 커다랗고 잘생긴 자작나무도 그 창으로 바라본다. 자작나무보다 멀찍이 수양버들이 물가에 가지를 한들거리며 서 있는 모습도 아름답다.

우리 집 거실에는 정지된 풍경화 그림이 필요 없다. 창이란 액자에 어느 부분의 풍경을 담아본다. 창이 액자의 틀이 되어 풍경을 끌어들이면 그것이 곧 그림이 되는 것이다. 이렇듯 살아 움직이는 그림을 수시로 감상할 수 있는 것은 창이 있기 때문이다.

올겨울에는 눈이 유독 자주 오고 많이 왔다. 북쪽 창으로 눈 온 풍경을 바라보노라면 형용키 어려운 아름다움에 온몸에 전율이 인다. 시각으로 들어 오지만 그 풍경은 금방 오감으로 전해지기 때문이다. 늘어진 공작단풍의 가지에 눈이 녹으면 물이 되어 가지마다 달린 모습은 일부러 수정을 줄기에 달아 놓은 듯하다. 자작나무에 눈이 쌓이면 헌칠한 하얀 나무가 눈을 이고 있는 모습이 더없이 고귀하고 믿음직스럽게 보인다.

올 3월에는 3월에 내린 눈으로는 오십여 년 만에 처음으로 많이 내렸다 한다. 3월에 내린 눈은 겨울에 내린 눈보다 훨씬 더 포근해 보였다. 나뭇가지에 내린 눈이 솜같이 느껴졌다. 눈이 올 때 우리 집 앞의 호수는 언제나 얼어 있어, 그냥 넓은 땅위에 눈이 쌓여 있는 것으로 보일 뿐이었다. 3월에 내린 눈은 그런 느낌과는 사뭇 달랐다. 물이 가득 고인 주위에 눈이 소복이 쌓여 있는 모습은 이때까지 보지 못했던 풍경을 자아냈다. 눈은 물을 더욱 깊고 신비롭게 보이게 했다. 내 평생 처음이자 마지막이 될 3월의 폭설을 마음껏 즐겼다.

옛 선비들은 한옥을 짓고 창을 낼 때, 그 창을 한 폭의 풍경화를 감상할 수 있는 위치에 냈다고 했다. 차경을 즐기기 위해서다. 상류층은 집안에서 경치가 가장 좋은 후원에 누각을 지었지만, 보통 사람들은 그런 호사를 못 누리는 대신, 창 하나를 내도 자연을 바라보기 좋은 곳에 내느라 애를 썼다. 그때는 요즘처럼 여행을 자주 갈 수도 없었고, 밖에 나가 즐길 수 있는 놀이도 마땅치 않았다. 방안에서 풍경을 바라보며 시상도 떠올리고, 절기의 미미한 변화까지 놓치지 않았을 것 같다.

크지 않는 그 창으로 굴뚝에 연기가 나는 것을 보면 밥 짓는 냄새까지 느낄 수 있고, 나무가 바람에 흔들리면 온 몸으로 바람을 받아들였을 것 같았다. 꽃을 바라보면 그 꽃의 향기까지 전해지지 않았을까 싶다. 방안에서 창으로 보는 풍경으로 밖에 나가지 않고도 계절을 느끼게 되고 집안의 소소한 일까지 알 수 있게 되었으리라 여겨진다. 창은 안과 밖을 소통시켜주는 역할도 하기에 안에 있어도 답답함을 느끼지 못했을 듯하다.

우리 집 거실에서 북쪽 창을 바라볼 때, 거리를 달리해 밖을 내다보면 또 다른 모습의 풍경이 연출된다. 멀리서 서서히 창으로 다가가 보면 그 위치마다 조금씩 다른 모습이 펼쳐진다. 그 창으로 풍경을 바라보노라면 선조들이 한옥의 창 하나도 깊이 생각해서 내는 이유를 알 것 같았다. 그리고 작은 창으로 뒤란에 핀 매화에 감흥을 받아 좋은 시를 쓸 수 있었지 않았는가. 국화 한 송이를 보고 가을의 정취에 흠뻑 젖어 노래했던 선조들의 소박한 삶을 떠올려 본다.

오늘도 나는 감히 옛 선비의 흉내를 내어 창으로 밖을 내다보며 한유를 즐긴다.

침입자

우리 집에는 무단 침입자가 많다. 봄이면 개구리들이 여기저기에서 툭툭 튀어 나오는 바람에 놀란 적이 한두 번이 아니었다. 심지어는 방안까지 들어와 먼지를 뒤집어쓰고 뛰어 다닌다. 여름에는 개구리 우는 소리가 하도 요란스러워 우리가 개구리의 세상에 들어와 사는 기분이 들 때도 있다.

날씨가 쌀쌀해지면 무당벌레가 따뜻한 곳을 찾아 집안으로 날아든다. 무당벌레는 개체 수가 많아서이기도 하지만 생김새가 예쁜 곤충이라 내쫓을 생각도 않는다. 기어 다니거나 날아다니거나 신경이 안 쓰이는 것을 보면 함께 살고 있다고나 해야 할까. 집 주변을 돌아다니는 다람쥐는 사람이 안 보이면 폴짝폴짝 뛰면서 주위를 여유 있게 살피며 다니고, 사람이 눈에 띄면 쏜살같이 휙 지나가 버린다. 수많은 것 중에 독이 있어 무섭고 만날까 봐 두려운 것이 말벌과 뱀이다.

지난여름이었다. 남편은 주목나무을 다듬기 위해 커다란 전지

가위를 나무 깊숙이 들이대자 말벌이 튀어나왔다. 피할 시간도 없이 벌에 쏘이고 말았다. 말벌의 독은 사람을 죽이기까지 한다니 급히 병원으로 갔다. 병원 문을 열자마자 남편은 정신을 잃고 쓰러졌다. 큰 병원으로 옮겨 해독제를 맞고서야 깨어났다.

주목을 살펴보니 가지 속에 풍선만 한 말벌집에 벌들이 일가를 이루고 있었다. 119를 불러 벌집을 제거했다. 벌집은 사람들의 눈에 잘 띄지 않는 곳에 있어 더욱 조심스럽다. 말벌은 무서운 침입자임에 틀림없었다.

비가 오고 난 뒤에 햇빛이 나면, 뱀은 몸을 말리려 양지 바른 곳으로 나온다. 날이 개면 나도 기분이 좋아 집 주변을 돌아다니게 되는데, 그런 날은 뱀을 잘 만난다. 우리 집은 물이 가까이 있어 물뱀이 유독 많다. 초록색에 주황색 무늬가 군데군데 퍼져 있는 화려한 화사다. 그런 화사와 우연히 맞닥뜨리면 섬뜩한 아름다움에 가슴이 서늘해진다.

언젠가는 거실에 앉아서 밖을 내다보고 있는데 느낌이 이상했다. 거실 문을 열면 나무로 바닥을 깐 테라스가 있는데, 세월이 지나니 나무와 나무 사이가 벌어져 틈이 제법 크게 생겨났다. 그 밑은 빈 공간인데 그 틈으로 무엇이 올라왔다 내려갔다 하는 것이었다. 유심히 보니 뱀이 테라스 밑에서 나무 틈으로 대가리만 밖으로 내놓고, 주위를 살피고 쏙 들어갔다간 또 내다보곤 하지 않는가. 꼭 사람이 지하 벙커에 숨어서 지상으로 머리를 내놓고 적을 살피는 꼴이었다.

우리가 집을 짓기 전에 이곳이 밭이었을 때 이따금 들렀다. 마을 사람이 밭을 일구어 농사를 지을 적에는 무나 고추가 잘 자라고 있었다. 농사를 짓지 않게 되자 그곳은 금세 풀밭으로 변해 버렸다. 생각 끝에 묘목을 심었다. 이따금 들러 묘목 주위의 풀을 뽑아 주었다.

어른 키만큼 자란 풀밭을 헤치고 들어가 보면 뱀들이 군데군데 자리를 잡고 있었다. 그때 본 뱀들은 우리가 가까이 가면, 대가리를 쳐들고 똬리를 꼬아 전투 준비를 하는 것처럼 보였다. 사람을 보고도 달아나지 않았다. 우리가 놀라 도망을 쳤던 기억이 있다. 그 뒤 그 땅에 집을 짓게 되자, 뱀들은 사람들의 눈을 피해 살게 된 것이리라.

담 뒤에 보이지 않는 곳에 꽃이 많이 피어 있었다. 며칠 전에 비가 그치자 그 꽃을 잘 보이는 곳으로 옮겨 심을 생각으로 담을 넘었다. 몇 발짝을 떼어 놓자 굵고 긴 뱀이, 돌 틈에 몸을 숨기고 있다가 화들짝 놀라 바삐 달아났다. 뱀도 나를 보고 놀라고 나도 뱀을 보고 놀라기는 마찬가지였다.

아, 뱀에게는 우리가 침입자였구나. 애초에 이 땅에는 뱀이 우리보다 먼저 자리를 잡고 살던 곳이 아니었던가. 내가 뱀이 나올까 두려운 마음같이 뱀도 사람이 두려운 침입자일 뿐이지 않은가. 테라스 밑에서 사람을 염탐하던 것만 보아도 그런 생각이 든다. 우리가 뱀의 터전에 땅을 파헤치고 집을 지은 무단 침입자임에 틀림없었다.

그동안 우리는 땅에 금을 그어 내 땅이라고 하며 주인 행세를 하지 않았던가. 그런데 살아보니 이 땅에 뿌리를 내리고 사는 게 한두 가지가 아니었다. 파충류와 곤충과 동식물이 어우러져 살고 있었고, 땅 밑에도 땅 위에도 하늘까지 함께 쓰고 있었다.

돌확 위에서 낮잠을 즐기는 청개구리가 여간 귀엽지 않다. 나무줄기로 엉덩이를 살짝 건드리니 도망갈 생각도 않고 눈을 뜨고 쳐다보는 게 아닌가. 같은 공간을 공유하고 사는 개구리가 나도 이곳의 주인이라는 몸짓이 틀림없었다.

앞으로는 뱀과 우연히 맞닥뜨리면 어렵겠지만, 침입자끼리 잘 지내보자는 눈짓이라도 보내야겠다.

나비 날다

나비는 훨훨 날아가 버렸다. 잔디밭에서 주차장을 지나더니, 도로를 건너 호수 위를 날았다. 몸짓이 워낙 커 멀리서도 잘 보였다. 저렇게 힘차게 멀리 날아가는 나비를 본 적이 없었다. 날아가는 모습을 보자니 새인지, 나비인지 분간이 가지 않았다.

얼마 전에 마당에서 희귀한 나비를 만났다. 복중 더위에 지쳤는지 이슬이 내린 풀 위에 어른 손바닥만 한 나비가 날개를 활짝 펴고 가만히 앉아 있었다. 여태까지 한 번도 보지 못했던 화려하고 아름다운 나비였다. 풀 위에서 날개를 살짝 건드려도 아무 움직임이 없었다. 가만히 들여다보니 날개가 황금빛과 밝은 노란색이 섞인 비로드 천같이 도톰한 느낌이 들었다. 네 개의 태극 모양을 닮은 무늬가 비단실로 곱게 수를 놓은 듯 새겨져 있었다. 지난해부터 크고 화려한 나비가 눈에 많이 띄긴 해도, 이렇게 아름답고 커다란 나비는 처음으로 보았다.

친구와 약속이 있어 급히 나가는 중에 나비를 만났다. 사진이라도 찍어 놓을 생각으로 나비를 손가락으로 가볍게 잡고 거실로 옮겨 놓았다. 일을 보고 집에 오니 거실에서 나비가 힘차게 날아다니고 있었다. 사방이 막힌 공간에서 얼마나 날아다녔는지 날개가 조금 상했다. 아침에는 꼼짝도 하지 않아 이상한 생각까지 들었는데 늦잠을 자고 있었던 것일까.

커다란 나비가 실내에서 쉬지 않고 날아다니니 어떻게 할 수가 없어 밖으로 내 보냈다. 주목나무에 앉아 있기에 카메라를 들고 나비를 찍으려고 다가갔다. 나비가 앉아 있는 자리가 사진 찍기에 좋지 않아 살짝 건드렸더니 잔디 마당으로 날아가 앉았다. 몸을 낮추고 사진을 찍으려는 순간 나비는 훨훨 날아가 버렸다. 쉼 없이 너울너울 춤을 추며 날아갔다.

나비가 호수 위를 날 때는 혹시 힘이 달려 물에 빠지는 것은 아닐까 조바심을 내며 바라보았다. 한 번도 쉬지 않고 물도 무사히 건너서 숲속으로 날아갔다. 나비가 사라진 뒤에도 나는 꼼짝도 않고 숲을 응시했다. 그러고 조금 있자니 거짓말처럼 소나기가 왔다. 처음에는 후드득거리며 내리던 비가 갑자기 물을 쏟아붓듯이 내렸다. 얼마나 다행한 일인가. 나비가 숲속에서 날개를 접고 비를 피할 시간적 여유가 있지 않은가. 물 위를 날아가다가 비를 만났다면 나비는 어찌 되었을까.

거실로 돌아와 앉아 있으려니 나비를 만난 일이 꿈만 같았다. 장자의 '호접몽'에서 장자는 꿈에 나비가 되어 즐겁게 날아다니다가 꿈을 깼다. 장자는 내가 나비가 된 것인지, 나비가 꿈에 장자가 된 것이지 구분할 수가 없었다. 그래서 장자는 자신의 진정한 실체가 나비인지, 사람인지 불확실하다는 어려운 생각에 빠지게 되었다. 나도 날아가 버린 나비를 꿈에서 본 것인지, 실제로 일어난 일인지, 그 쉬운 일로 한참을 몽롱해 있었다.

아까 본 나비는 야하지 않으면서 화려하고 고상하면서 화사한 아름다움을 간직했다. 사진으로 남기지도 못하고 날아가 버렸으니 그 아쉬움은 이루 말할 수 없었다. 너무나 짧은 만남이지만 선명한 나비의 실체 때문에 안타까운 것이다.

나비가 떠난 지 며칠이 지나도 그 모습을 잊을 수가 없어, 나비가 되기까지의 내공을 곰곰이 생각해 보았다. 알에서 깨어난 애벌레는 흉물스럽고 징그러워 사람들에게 내내 멸시와 미움을 받는다. 그런 어려움에도 네 번의 허물을 벗으면서 커간다. 허물을 벗을 때마다 크기만 크는 게 아니라, 애벌레의 색채와 무늬도 변신을 거듭한다. 못 생긴 번데기의 모습은 세상에 드러내지도 못하고 낙엽 속이나 나무껍질의 갈라진 곳으로 들어가 숨어 지낸 시간이 또 얼마였던가.

그 힘든 과정을 참을 수 있었던 것은 언젠가는 나비가 되어 날 수 있다는 믿음이 있기 때문은 아니었을까. 고단한 삶 속에 몇 번의 변태와 변신을 거쳐 비로소 이루어낸 모습이 나비가 아니던가. 아름다운 나비의 비상은 오로지 몸으로 부딪치며 겪은 후 얻을 수 있는 피날레이리라. 나는 마당에 서서 나비가 호수 위를 훨훨 날아갈 때의 모습을 그려보았다.

그리고 생각했다. 우리가 나비처럼 삶을 치열하게 살았던 적이 있었던가. 변화는 두려워하며 날아갈 것만 꿈꾸지 않았던가. 작은 나비가 날아가는 데도 이렇게 어려운 과정을 거치는데, 우리는 얼마큼 노력하고 비상을 꿈꾸고 있는가.

들고양이

언제부터인가 들고양이들이 우리 집을 배회하고 있었다. 우리 눈에 자주 띄는 놈들이 세 마리는 족히 되었다. 거실에 앉아 있으면 하루 한두 번은 유리창 너머로 거실 안을 물끄러미 바라보며 여유로운 자태로 지나가곤 한다. 사람만 보면 도망가기에 바쁜 놈들이 거실 안은 잘 보이지 않는 것 같았다.

우리 집뿐 아니라 집집마다 들고양이 때문에 몸살을 앓는다. 우리도 놈들 등쌀에 쓰레기를 담은 봉투가 멀쩡한 게 없다. 갑자기 툭 튀어나오는 바람에 놀라는 일이 비일비재다. 그래도 고양이가 돌아다니고부터 쥐가 한 마리도 없으니 그것 한가지로 용서하고 있는 중이다. 그렇게 시간이 흐르니 고양이가 돌아다녀도 거슬리지도 않고 정이 들기 시작했다.

고양이와 마주치면 쏜살같이 도망가기에 바쁜 놈들에게 부드러운 말투로 불러보기도 하고, 너를 싫어하지 않는다는 표정도 지어 보였다. 그러기를 여러 날이 지나자 나를 보고도 도망가는 속도가 느슨해졌다. 고양이를 가까이에서 보자니 도도하고 자존심이 강한 청년이 일찍 부모로부터 독립해 살고있는 모습을 보고 있는 듯했다. 오히려 쓰레기통을 뒤질 때가 더 동물적이라 귀여웠다.

우리 집과 옆집 사이의 언덕에 이상한 물건이 발견되었다. 우리 집이 옆집보다 상당히 높고 둑 위에는 나무를 촘촘히 심어 놓아 사람이 들어가기에는 좁은 공간이다. 그곳에 상자가 놓여 있고 그 안에 작은 카펫을 깔아놓았다. 상자 위에는 찌그러진 우산까지 펴 놓지 않았는가. 사람이 올라가 그렇게 설치할 장소가 아닌 곳이라 이상하게 생각했다. 아무리 생각해도 묘한 일이라 고양이를 잠시 의심은 했지만, 확신은 할 수 없었다.

상자를 철거한 얼마 뒤였다. 뒷마당에 사람이 쉴 수 있게 공간을 만들어 놓은 곳에, 회색 줄무늬 고양이가 단호하게 경계하는 눈빛으로 나를 보면서 도망을 가지 않았다. 앉아서 계속 쏘아보고 있었다. 발자국소리만 나도 도망가던 고양이인데 이상한 느낌이 들었다. 조심해서 가까이 다가가자 그제야 벌떡 일어나는데, 어미 품에서 서너 마리의 새끼가 꼬물거리며 움직이는 게 아닌가.

어디서 언제 새끼를 낳았는지 흔적도 없고 새끼들은 벌써 잘 걸어 다녔다. 바닥이 나무로 된 공간이라 잔디나 자갈보다 부드러워 거기서 새끼를 품고 잠을 잔 모양이었다. 어미는 눈빛과 달리 몸에 기운이 하나도 없어 보였다. 언덕 위의 상자가 어미가 해산을 위해 준비한 것이었다. 그것을 치워 버렸으니 고양이의 눈에 나의 행동은 어떻게 비쳤을까. 오랫동안 미안한 마음이 가시지 않았다.

새끼를 낳고도 제대로 먹질 못했을 것 같아 수프 한 그릇을 살그머니 갖다 놓았다. 잠시 뒤에 가보니 입만 댄 흔적이 보였다. 배가 고파 다 먹었을 것 같았는데, 사람이 주는 음식이라 경계를 하는 것일까. 이튿날 가보니 그릇을 다 비웠다. 나는 또 먹을 것을 이것저것 담아서 갖다 놓았다. 잠시 후 올라가 보니, 고양이가 멀리서 음식을 주시하고는 있었지만 하나도 먹지 않았다. 그 다음 날에 보니 고기와 소시지는 먹었는데 밥은 그대로 있었다. 그런 일이 있은 뒤 이상하게 어미는 새끼를 데리고 어디로 갔는지 보이지 않았다.

젊은 여성 감독이 영화를 만들고 그 영화를 이해시키기 위해 고양이 이야기를 했다. 고양이 한 마리를 키우고 있는 주인이 어느 날 다른 고양이 한 마리를 데리고 왔다. 주인은 새로 데리고 온 고양이를 더 귀여워했다. 먼저 있었던 고양이는 그걸 보고 매일 아침 죽은 쥐를 주인의 신발에 넣어 놓았다. 주인은 이상한 행동을 하는 고양이가 질투심 때문에 안 하던 짓을 하는 것이라 여기며 혼을 냈다.

그 다음 날, 고양이는 주인이 먹기 좋게 새빨갛게 껍질을 벗긴 쥐를 신발에 넣어 놓았다. 고양이는 주인의 사랑을 다시 얻기 위해 최선을 다했다. 고양이는 사랑 표현을 그렇게밖에 할 수 없었던 것이다. 고양이와 사람의 생각 차이를 어떻게 이해할 수 있을까. 영화에서는 그런 일이 동물과 사람과의 문제만이 아니라는 것이다. 사람과 사람 사이에도 소통이 되지 않으면, 반대의 결과가 나타난다는 것을 영화에서 이야기하려고 했다.

우리 집을 돌아다니는 그놈들은 처음부터 들고양이가 아니었다. 사람에게 버림을 받고 쫓겨나 떠돌이가 되었다. 들고양이는 사람을 유달리 멀리했다. 우리가 가까이 다가가지 못해 먹을 것을 쓰레기통 근처에 자연스럽게 두면, 아무도 없을 때 살금살금 와서 먹곤 했다. 들고양이가 사라진 것은 사람이 베푸는 친절과 관심 따위를 행동으로 거부하는 것은 아니었을까. 사람에게 당한 배신감이 아직도 큰 상처로 남아 있는 것은 아닐까.

아무리 단순한 고양이라 해도 그 마음을 우리는 알 수가 없다.

개구리 울음소리

여행길에 도자기로 빚은 튼실한 개구리 한 마리를 샀다. 집에 오자마자 건물 외벽에 붙여 놓았더니, 잘생긴 개구리가 벽을 타고 기어오르는 것처럼 보였다.

우리 집은 봄부터 여름 내내 개구리 울음소리를 들을 수 있다. 간간히 우는 것도 아니고, 듣기 좋게 들리는 소리도 아니다. 시끄럽기 그지없다. 꼭 조약돌을 기계에 넣어 비벼대는 소리처럼 요란스럽다. 소로우는 개구리 울음소리를 상쾌하다고 표현했다. 어쩌다 듣는 한 마리의 개구리 울음소리는 소로우처럼 상쾌하게 들을 수 있겠지만, 우리 집 주변에서 울어대는 개구리 소리는 기분이 안 좋을 때 들으면 짜증이 더하다.

해가 지면 한두 마리가 선창을 하고 뒤를 따라서 무더기로 따라 운다. 개구리의 수는 감히 짐작하기 어려워 한 무리라 할 수 있다. 우리 집에 오는 사람들은 일부러 개구리 소리를 녹음해 두었다가, 틀어 주는 것으로 아는 이도 있다. 다행한 일은 소음으로 여기지 않고, 자연 속에서 들으니 무척 좋다고 했다. 젊은이들은 생전 처음으로 개구리 소리를 직접 듣는다는 사람들도 있었다.

개구리 울음소리로 비가 오는 것을 안다고 하는데, 우리 집 근처에서 우는 개구리 소리로는 날씨를 점치기가 어렵다. 짝짓기를 위해 수컷이 암컷을 유혹하는 소리라고도 하는데 그것도 모르겠다. 허구한 날 똑같은 수가 똑 같은 소리로 울어대니 무엇을 짐작할 수 있겠는가.

밤에만 요란하게 울어 그 실체를 보려고 낮에 논으로 가보면, 개구리란 놈이 얼마나 청각이 발달했는지 발자국 소리에 몸을 숨겨 볼 수가 없다. 발자국 소리를 죽여 살금살금 다가가도, 그 놈에겐 커다란 눈이 있지 않은가. 잠이 오지 않는 밤이면 울음소리를 들으며 개구리가 우는 모습을 그려본다. 크지 않는 몸에 쭉 찢어진 입을 반소가리처럼 벌려, 목젖을 드러내고 소리를 내지르는 모습을 상상하니 웃음을 참을 수가 없다. 실제로는 볼이나 턱 밑의 피부를 부풀려 운다고 한다.

이따금 대낮에 개구리 한 마리가 목청을 높여 우는 소리를 들을 수 있다. 그 소리가 어찌나 큰지 무심코 있다가 들으면 깜짝 놀랄 정도다. 가만히 소리 나는 곳으로 따라가 보면 엄지손가락만 한 청개구리가 시침을 뚝 떼고 눈을 깜박이며 앉아 있다.

내가 본 개구리의 무리는 질서 정연했다. 그 많은 무리가 울 때와 그칠 때가 같다. 봄이 와 논을 써려 놓고 물을 대면 어디에 숨어 있다가 한꺼번에 모여든다. 무슨 신호라도 보내는 조직의 우두

머리가 있지 않고는 그렇게 동시에 모여, 그 날부터 울어대기 시작할까. 또 대장이 큰 소리를 내는 놈에게 상을 주지 않고는 그렇게 악을 쓰며 울어댈까. 우박이 떨어지는 소리가 저렇게 크게 들릴까. 저녁마다 모여 백가쟁명이라도 하는 걸까. 아니면 모이기만 하면 시시비비하는 걸까.

개구리는 해가 지면 울기 시작해 밤이 깊어지면 울음을 그친다. 그놈들도 잠을 자는지, 인간들을 배려해서인지 알 수가 없다. 그렇게 울어대는 개구리 소리가 어느 날 갑자기 들리지 않는데 그때가 벼가 팰 무렵이다. 참으로 신기한 일이다. 모를 심을 무렵부터 울기 시작해서, 벼의 이삭이 패면 울지 않는다. 만약에 가을까지 울어댄다면 여린 귀뚜라미와 여치가 내는 소리를 들을 수 없을 텐데 예의는 있는 놈들이다. 단체 행동에 그만하면 최고의 점수를 줄 수 있을 것 같다. 그놈들이 밉지 않다.

처음부터 개구리가 좋지는 않았다. 서로 잘 났다고 지칠 줄 모르고 큰 소리로 울어 대니 그놈들이 싫었다. 시끄러운 소리에 쫓아낼 방도를 찾기도 했다. 방안까지 들어오니 성가시고 징그러웠다. 그러나 10여 년을 한결같은 소리로 무리 지어 규칙적으로 같은 소리를 내고 있지 않은가. 그것은 단결이었고 화합이었다. 사람들도 하기 어려운 일을 개구리가 해내고 있었던 것이다.

이제는 개구리를 손바닥에 올려놓고 눈까지 마주친다. 언제부터인가 여행을 가면 개구리 모형을 찾는다. 개구리가 없는 계절에도 볼 수 있게 집안에 놓아둘 생각이다.

정원에 작은 연못을 만들었더니 두세 마리의 청개구리가 네 발을 힘껏 뻗쳐 헤엄을 치고 노는 모습이 여간 귀엽지 않다. 수련잎에도 올라앉아 사방을 두리번거리는 꼴이라니.

벌레 이야기

깊은 밤에 잠을 깼는데 방구벌레 냄새가 났다. 불을 켜고 벌레를 찾으려고 애썼지만 쉽게 찾을 수가 없었다. 날씨가 추우니 밖에서 활동하던 벌레들이 따뜻한 집 안으로 들어 오기 시작했다.

방구벌레는 넉점박이노린재라는 이름으로 고약한 냄새를 풍긴다. 시골에선 흔하게 볼 수 있는 벌레다. 시골 생활을 하다 보니 벌레라는 이름으로 분류되어 살아가는 종류가 여간 많은 게 아니었다. 예쁘고 귀여워 손으로 만질 수 있는 벌레가 있는가 하면, 생김새도 혐오스러워 눈에 띄면 도망가게 하는 벌레도 있다. 방구벌레는 냄새가 노린내와 비슷하지만 또 다른 역한 냄새가 섞여있어 사람이 가까이 다가가기가 어렵다.

몇 년 전에 겨울이 유난히 따뜻했던 해가 있었다. 겨울이 따뜻하면 지내기는 수월하나 다음해 봄부터 벌레들이 많이 돌아다닌다. 가을로 접어들어 찬 바람이 불어오니 그 해는 집게벌레가 창궐하였다. 산에서 내려온 집게벌레가 양지바른 집 외벽에 소복이 붙어 움직이지도 않고 햇볕을 쬐고 있었다.

집게벌레를 자세히 보면 꼬리 부분에 긴 집게가 양쪽에 달려있다. 꼬리 쪽을 마음대로 움직여 먹이를 잡아채는 것이다. 벌레들은 생김새가 다른 만큼 먹이를 쟁취하는 방법도 다 다르다. 날씨가 더 추워지자 그 많은 집게벌레 집단이 집안으로 들이닥쳤다. 그 해는 집게벌레와 전쟁을 치르다 가을을 다 보낸 것 같았다.

무당벌레와는 아주 친하게 지낸다. 생긴 모습도 빨간색에 검은 점박이 무늬라 어느 멋진 옷과 비교해도 뒤지지 않는다. 무당벌레도 기온이 내려가면 집 안으로 들어와 우리와 동거를 한다. 생김새가 예쁘고 벌레가 징그러운 구석이라고는 없어서 내쫓을 생각은 하지 않는다. 겨울 동안 집 안에서 잘 지내길 바라지만 무당벌레의 먹을거리가 부족한 곳이라 잘 살아가는지가 걱정이다. 무당벌레는 진딧물과 해충을 잡아먹는 포식동물로 생태계에서 이로운 벌레다. 무당벌레의 개체수가 해마다 줄어드는 것 같아 안타깝다. 주위에 벌레의 수가 줄어드는 만큼 밤하늘에는 별들의 숫자도 줄어들었다.

얼마 전에 서점에서 카프카의 ≪변신≫의 책 표지를 우연히 보게 되었다. 고뇌하는 인간의 얼굴과 벌레가 그려져 있었다. 그 표지의 벌레가 크기는 다르지만, 생김새가 방구벌레와 흡사했다. 변신의 첫 문장이 "어느 날 아침, 그레고르는 불안한 꿈에서 깨어났을 때 그는 침대 속에서 한 마리의 커다란 해충으로 변해 있는 것을 발견했다."로 시작된다. 이 얼마나 기구한 일인가. 그러나 가족들은 그의 심정 따위는 생각지도 않고 벌레로 변한 그레고르를 싫어한다. 그가 번 돈으로 살았던 가족이 벌레가 된 아들을 벌레로밖에 보지 않았다. 자본주의 사회에서 현실의 냉혹함과 사람의 오만함을 보여 주는 듯했다.

사람을 벌레에 빗대어 부르는 몇 가지가 있다. 일만 하는 사람을 일벌레라 하고 공부를 잘하는 사람을 공부벌레, 책벌레, 음식만 축내고 놀고 있는 사람은 식충이 등으로 부른다. 회사에서 일벌레로 열심히 일하던 사람이, 일을 못하게 되면 벌레 같은 대접을 받는 게 현실이고, 벌레보다 못하다는 소리도 듣게 된다.

벌레들은 내밀한 움직임으로 자연에서 끝없이 공진화(共進化)하고 있다. 공진화는 서로의 관계에서 진화하는 것을 말한다. 두 종의 생물이 상호관계를 맺으면서 긍정적인 방향으로 진화한다. 꽃과 벌, 나비의 관계는 서로 필요한 것을 주고받는 좋은 관계를 맺고 있다. 식물의 열매를 먹고 사는 동물이 대신 그 식물의 서식 영역을 넓혀 주고 있지 않는가.

부정적인 예로는 배추흰나비는 양배추와 케일 같은 맛있는 잎을 먹는다. 그러면 그런 식물은 아무 말 없이 유충이 잎을 먹지 못하게 특수물질을 만든다. 유충은 또 특수물질을 극복할 수 있도록 진화한다. 맞수끼리 대결이라도 하는 듯하다. 벌레가 숭숭 먹은 유기농 야채는 벌레에 안 먹히기 위해 애를 쓰며 살아난 식물이다. 그런 식물이 맛도 있고 사람에게는 무척 이로운 모양이다.

지구에는 수십만 종의 곤충이 있다. 개개의 곤충은 인류와 함께 살아가는 방법을 터득하려고 노력하며 살아간다. 변화하는 지구의 환경에도 끊임없이 대처한다. 과학자들은 곤충의 진화하는 모습을 보며 그것을 이용해 과학도 발전시켜 나가고 있다. 수많은 곤충이 생존을 위해 진화해 여기까지 왔다. 벌레가 아무 생각 없이 그냥 살아가는 게 아니지 않는가. 우리가 관심을 두지 못하는 사이에도 부단히 노력하며 변화하고 있었다.

벌레 이야기를 하다 보니 사람이 때로는 벌레보다 못하다는 말을 들을 만하다는 생각이 드는 것이다.

낚시하는 사람들

어느 부부가 예약도 없이 찾아 왔다. 펜션인 우리 집에 묵으며 낚시를 할 모양이었다. 어제는 청평호에서 밤을 새며 낚시를 했다면서, 짐을 풀자말자 낚싯대를 가지고 호숫가로 나갔다. 그들의 뒷모습을 보자니 고기를 잘 낚을 수 있을지 은근히 걱정이 앞섰다.

저녁이 되자 그들은 언제 들어왔는지, 저녁상을 차려놓고 한 잔 하자며 부르는 것이었다. 부부는 기분이 무척 좋아 보였다. 우리가 가까이 가자 어른 손만 한 붕어를 여러 마리 잡았다며 쳐들어 보여주었다. 나는 깜짝 놀랐다. 호수에 저만한 붕어가 살고 있었다니 놀라지 않을 수 없었다. 그는 붕어가 아주 잘 잡힌다며 내일 하루 더 있을 거라며, 좀 전의 낚시할 때의 손맛을 잊지 못하는 듯 흥분된 모습이었다.

집 앞에 크지 않는 호수가 있다. 휴일이면 호수 주변에 몇몇의 낚시꾼들이 밤을 샌다. 우리 집에 오는 손님들도 더러는 낚시 도

구를 준비해 오곤 한다. 그들은 잔잔한 호수를 보며 기분 좋게 물가로 나갔다가, 대다수 입질 한 번 하지 않는다며 씁쓰레한 표정으로 돌아왔었다. 그럴 때면 나는 물이 워낙 차고 맑아 고기가 잘 살지 못 하는 것 같다고 위로한다. 실제로 낚시로 고기를 낚았다는 사람보다, 한 마리도 못 잡았다는 사람이 훨씬 많았다.

몇 년 전인가 우리 집에 온 손님이 낚시로 빙어를 여러 마리 잡아 온 적이 있었다. 그릇에 담아 온 조그마한 은빛 물고기가 파닥이며 활기차게 움직였다. 그 뒤부터 호수에는 빙어가 살고 있다고 사람들에게 자신 있게 말했다. 그런데 붕어도 살고 있지 않은가.

이때까지 집 앞의 호수에는 빙어만이 있는 줄 알았다. 호수에는 커다란 붕어도 있고 빙어도 있고, 내가 모르는 여러 종류의 고기가 더 있을 수 있었다. 소문으로 듣기는 메기도 있다고 하고, 처음 듣는 어종도 잡았다는 소리를 듣긴 했다. 그러나 내가 본 것은 빙어와 붕어밖에 없었다. 고기를 낚는지 못 낚는지 낚시하는 사람들은 줄어들지 않았다.

그동안 사람들은 호수에 무슨 고기가 있는지 물 가까이 사는 우리에게 수없이 물어왔다. 호수를 바로 앞에 두고 오랫동안 살아왔지만 물속을 전혀 알지 못했다. 고기가 있는지 없는지 있으면 무슨 종류가 어느 정도 있는지, 남의 말만 듣고 고기가 있기도 했고 없기도 했다. 언제나 수면의 작은 변화만이 감상하며 즐길 뿐이었다. 심연 같은 그 속은 알 수가 없고 알 도리가 없었다. 매일 물을 바라보고 사는 나도 물속이 궁금한 것은 마찬가지였다.

우리 집 앞의 호수에서 낚시하는 사람들은 모두 강태공을 닮았는가. 그래서 낚싯대를 던져 놓고 고기를 잡는 일에는 관심도 없는 것일까. 며칠 전에도 아침 산책길에서 낚시하는 사람을 만났지만, 밤을 새워 낚시해도 한 마리도 못 잡았다는 표정이 그렇게 심란해 보이지는 않았다. 그도 강태공이 틀림없었다. 강태공은 일부러 고기가 물지 못하게 바늘을 일자로 해 놓고 세월을 낚았다지 않았던가.

강태공이 아니라도 물 앞에 앉아 있으면 세월의 흐름을 잊을 것 같았다. 수면이 가벼운 바람에 이는 모습과 작은 새가 날아와 물을 차며 물방울을 흩날리며 날아가는 모습을 바라보며, 자연의 섬세한 아름다움에 취하지 않을 수 없다. 물가의 나무가 가지를 물 위에 늘어뜨린 모습은 또 얼마나 아름다운가. 이따금 날아오는 학은 호수를 더욱 운치 있게 연출하지 않는가. 바람 한 점 없는 날은 하늘을 쳐다보지 않고도 구름의 움직임을 수면에서 볼 수 있으니, 이 어찌 고기 낚는 일에만 몰두할 수 있으며 고기를 못 낚았다고 기분이 나쁠 수 있을까.

낚시를 취미로 여기는 사람들은 풍류를 즐기고, 여유와 느림의 미학까지 만끽할 수 있다니 굳이 고기가 안 잡힌다고 안달을 부리지는 않는 것 같았다. 물을 바라보며 세상사 잊고, 마음의 평온을 얻을 수 있다면 더 이상 바랄 것도 없을 법했다. 그러나 한 번이라도 고기를 낚아 본 사람들은 손의 느낌을 잊지 못하고 있었다.

오늘도 사람들은 호수에 낚싯대를 던져 놓고 있다. 고기가 잡히기는 할까, 어떤 고기가 잡힐까, 염려와 희망을 안고 기다리고 있다. 우리의 인생도 아무 것도 알 수 없는 삶이란 호수에, 낚싯대를 던져 놓고 살아가고 있는 것은 아닐까. 자연을 즐기며 고기가 곧 잡힐 것 같은 희망을 가지고, 세월을 낚는 낚시하는 사람들처럼.

체감 온도

어제는 부산에 사는 친구가 메일을 보내왔다. 여기가 이렇게 추운데 그곳은 얼마나 추울까 하는 염려의 글과 함께, 교직에서 퇴임 후의 생활을 담았다. 오늘은 대구에 사는 친구가 전화했다. 대구가 많이 추운데 거기는 무지 추울 것 같다며 건강을 조심하라는 것이었다. 남쪽에 사는 친구들은 날씨가 유난히 추워지면 내가 사는 곳의 기온을 보며 놀라고는 한다.

영하 20도 이하로 내려가는 추위가 일주일씩이나 이어졌다. 몇십 년만의 추위라니 부산과 대구에서도 참기 힘든가 보다. 부산은 영하 10도 정도만 내려가도 온통 춥다고 야단법석이라고 했다. 내가 살고 있는 곳은 경기 북부지역인데다 우리 집 앞에는 호수가 있다. 뒤에는 산이 자리 잡고 있어 근처의 다른 곳보다 기온이 더 내려간다. 기온 상으로 보면 훨씬 북쪽에 있는 철원과 비슷하다.

영하 몇 십 도만 되어도 한파가 온다고 뉴스의 머리기사로 뜬다. 이곳은 겨울이면 영하 10도 아래로 내려가는 일은 보통이니 그 정도로는 춥다는 소리를 하지 않는다. 아니, 정말로 춥지가 않다. 우리 몸이 추위에 단련이 되어서인지도 모르겠다.

이따금 서울에 볼일이 있어 가게 된다. 나는 별로 춥지 않은데 서울 사람들은 털외투를 입고 중무장을 하고도 춥다고 하는 것을 보면, 추위를 느끼는 것은 온도의 차이가 아니지 않는가.

지난해 겨울에 우리 마을 사람들과 통영으로 여행을 갔다. 우리가 사는 동네와 통영은 기온 차가 많이 났다. 피한을 떠난 것이다. 남쪽으로 내려가자니 눈도 없고 피부에 와 닿는 바람이 한결 부드러웠다.

그런데 그 부드러운 듯한 바람을 맞으며 관광을 하자니 추위가 옷 속으로 파고들어 몸에 온기가 스며들 틈을 주지 않았다. 뼛속까지 춥다는 말을 실감했다. 우리는 벌벌 떨며 차라리 기온이 낮아도 바람이 없는 우리가 사는 곳이 덜 춥다고들 했다.

바람 하면 북경을 빼놓을 수가 없다. 딸아이가 결혼하고 북경에 살았을 때 일 년에 한두 번은 가게 되었다. 북경의 겨울 평균 기온은 영하 5도이고 1월의 강추위라도 영하 10도 정도밖에 안 된다. 그런데도 북경의 추위는 유난스럽다. 평지에 자리 잡은 도시라 바람이 자는 날이 별로 없다. 바람은 가만히 있는 추위를 일깨운다. 작은 불씨라도 바람이 불면 큰불이 일 듯, 추위도 바람이 들쑤셔 큰 추위로 몰고 가는 듯하다.

바람은 더 추워라 더욱 추워라 하며 여기저기 돌아다니며 잠자는 추위를 깨운다. 깨어난 추위는 자기가 추위의 중심인지도 모른

채 바람을 따라다닌다. 냉랭한 대지의 공기가 바람이 닿기만 해도 추위의 위력은 대단해진다. 그렇다고 기온은 바람이 끌어 내리지 못했다. 나는 북경의 추위 앞에서도, 남쪽의 부드러운 바람 앞에서도 무너져 내린다.

우리 마을은 산이 겹겹이 쳐져서 바람이 심하지 않다. 태풍이 와도 크게 작용하지 못한다. 바람이 이는 날도 오후가 되면 잠잠하기 일쑤다. 영하 20도를 넘나드는 추위도 내가 사는 곳의 추위에는 적응이 되어서인지 참을 만하다. 겨울에는 기온이 같아도 바람이 부는 날과 불지 않는 날의 추위는 완연히 다르다. 추위는 체감온도를 측정해야 정확하지 않을까 하는 생각을 해 본다.

영하의 추위 속에 우리 집 마당의 눈더미는 한낮의 따스한 햇볕을 받아, 스멀스멀 녹아내리는 모습을 볼 수 있다. 나목인 채 서 있는 목련과 벚나무의 가지에는 매일 아주 조금씩 커지는 듯한 꽃봉오리도 만난다.

추운 지방에 살면서 추위는 숫자로 오는 것이 아니라 체감으로 느낀다는 것을 알았다고나 할까.

| 3부 |

발효와 부패

갇혀 산다는 것

우리 마을에서 차로 10여 분 정도 가면 양계장이 있다. 닭을 닭장에 가두어 키우지 않아 고기가 맛이 좋고, 질 좋은 유정란도 살 수 있어 가끔 들르는 곳이다. 소와 돼지도 많이 키운다는데 한 번도 본 적은 없었다. 어느 날 양계장에 갔더니 주인이 보이지 않았다.

요즘은 시골에도 집들이 도시와 비슷해져 가고 있다. 양계장에 갈 때마다 옛 시골 풍경의 마당과 집에 마음이 갔다. 지금은 아무도 살지 않고 창고로 쓰는 집이다. 마침 그 날은 사람이 없어 찬찬히 둘러보았다. 마당으로 들어오는 길에는 오가피나무가 울타리를 대신하고 밭에는 고추와 깻잎이 잘 자라고 있었다. 주인은 양계장에서 좀 떨어진 곳에 살고 있지만, 예전에는 많은 식구가 살았던 곳이라 했다.

집은 큰방 옆에 부엌이 있고 작은 방이 붙어 있는 일자형이다. 방문이 열려 있어 기웃거리며 구경을 했다. 너절한 방에는 아침에

거둬들인 것 같은 달걀이 바구니에 담겨있고, 지난가을에 수확했을 잡곡들도 그릇에 들어있었다. 동물 사료 부대도 여기저기에 무더기로 쌓아 놓았다. 마당에는 크게 잘 자란 살구나무에 열매가 많이 달려 있었다.

마당을 지나니 닭장이 보였다. 낮은 울타리는 쳐져 있었지만 문은 활짝 열어 놓았다. 어디든지 자유롭게 돌아다닐 수 있게 해 놓은 듯 했다. 닭장은 숲속에 있었다. 닭들은 모이를 찾으러 닭장 안과 밖을 마음대로 돌아다녔다. 배가 부른 놈은 울타리 안에서 쉬고 있는 모습도 보였다. 꾸꾸거리는 소리도 우렁찼고 움직이는 모습도 활발했다. 어떤 놈은 날아보려는 듯이 날개를 퍼덕이고 있었다. 온순해 보이지 않고 먹이를 찾는 모습이 서로 부딪치면 금방 싸움이라도 붙을 태세로 혈기 왕성해 보였다.

주위의 나무들은 초록물이 짙게 들어, 바람 따라 자유롭게 움직였다. 닭장을 지나 산 쪽으로 올라가자니 불규칙하게 돼지소리가 들렸다. 더 들어가니 돼지우리가 보였다. 돼지우리와 마주하는 순간 깜짝 놀라 그 자리에서 움직일 수가 없었다. 닭장만 한 넓이의 땅에 돼지 한 마리가 들어가 있는 칸막이는 수도 없이 많았다. 흔히들 아파트를 닭장에 비교하는데, 돼지우리가 소인국의 아파트 같았다.

흰 돼지들이 칸칸이 막아 놓은 곳에 다 들어 차 있었다. 한 칸의 크기가 돼지 한 마리가 겨우 일어섰다 앉았다 할 수 있을 정도의 공간 밖에 되지 않았다. 그 안에서 살이 오른 돼지들이 몸을 둔하게 움직이고 있었다. 빨리 살을 찌우기 위해 이런 시설을 한다는 소리는 들어서도 직접 대하고 보니 충격으로 다가왔다.

좁은 공간에서 잘 움직이지도 못하고 고생을 하는 돼지들에게 숲은 대체 무슨 도움이 될까. 갑자기 탈출시키고 싶어졌다. 돼지우리의 문을 열면 돼지들이 우르르 뛰쳐나와, 닭처럼 산으로 들로 돌아다니지 않을까. 갇혀 있는 돼지들에게 자유를 주고 싶었다.

그러나 돼지의 순한 눈빛을 본 후 마음이 달라졌다. 돼지우리의 문을 내가 열어 줘도 돼지가 문밖으로 나오지 않을 것 같은 생각이 들었다. 돼지는 너무 오래 갇혀 있었던 것이다. 돼지우리의 문살 사이로 보이는 것이 돼지들에게는 세상의 전부가 아니던가. 움직이는 것조차 귀찮아 보였다. 가만히 있어도 먹이를 배불리 주니 더 바랄 것이 없다는 눈빛이었다. 그때 누가 소리쳐 부르는 소리가 들렸다. 주인이 나를 발견하고 멀리서 내려오라는 손짓을 했다.

언젠가 젊은 건축가가 쓴 책을 읽었다. 그때 읽은 한 구절이 잊히지 않는다.

우리나라 학교와 교도소를 비교하며 다를 게 없다고 했다. 높아지는 학교건물과 삭막한 운동장과 담장이 그렇다는 것이다. 교도소는 사람을 가둬 놓는 곳이고 학교는 학생들이 공부하고 친구와 사귀고 꿈을 키우는 곳이다.

요즘 아이들은 대부분 아파트에 살고 학교 수업이 끝나면 학원으로 가니 갇혀 지내는 것과 다름이 없다. 학교는 이제 아이들이 줄어들고 있다. 저자는 학교 건물을 단층으로 하고 학교 운동장과 주위에 나무를 심어 숲을 만들자는 것이었다. 그러면 쉬는 시간에도 아이들이 쉽게 숲속에 모여 뛰어놀 수 있지 않겠는가.

갇힌 듯 살고 있는 아이들은 무슨 생각을 하며 커 가고 있는 것일까. 앞으로 그 애들이 살아갈 시대에 무엇이 꼭 필요한 것인지 아무도 장담할 수 없지만, 창의력을 키우는 게 큰 무기가 될 것이라고 말하는 학자는 많다. 창의력은 갇힌 공간에서는 나올 수 없지 않은가.

넓은 산과 들은 닭들에게는 최적의 생활을 할 수 있는 환경이었다. 아주 가까이에 숲이 있지만, 우리에 갇혀 있는 돼지들은 주인이 주는 대로 먹으며 생각도 움직이는 것도 싫어하고 있는 듯이 보였다.

발효와 부패

메주에 소금물을 붓고 한 달이 지났다. 장을 담근 항아리를 여러 번 들여다보아도 아무런 변화가 보이지 않았다. 지금쯤은 메주 덩어리가 풀어지며 소금물이 까맣게 변하고 맛이 날 시기가 되지 않았는가. 장을 찍어 먹어 보아도 간장 맛이 나지 않고, 떫고 텁텁한 맛이 났다.

우리 집 일을 도와주는 아주머니한테 메주를 샀다. 그는 직접 농사지은 콩으로 메주를 만들어 팔기도 한다. 아주머니에게 올해 장이 이상하다고 했더니 자기네도 그렇다며 더 두고 보자고 했다. 장 뜰 시기가 되어 된장과 간장을 분리해 놓았다. 장이 발효가 되어야 하는데 메주 알갱이가 풀어지지 않고 그대로 있었다.

아주머니는 얼마 전에 자기 집의 된장을 죄다 버렸다 한다. 그러면서 메주에 곰팡이가 폈을 때 아저씨가 고추 건조기에 넣어 바짝 말리긴 했는데, 하며 말끝을 흐렸다. 곰팡이균이 고온에 다 죽어버린 것이 아닌가. 그래서 된장이 발효가 되지 못한 것이었다.

오래전에도 된장 맛이 이상한 적이 한 번 있었다. 어느 해나 똑같은 비율의 소금물을 붓고 기다리는데, 다른 때와는 달랐다. 간장이 될 소금물이 맑은 까만빛이 아니고 메주가 심하게 퍼져 누렇게 변해 있었다. 간장을 조금 뜨고 퍼진 메주를 눌러 담아 놓았다. 한 달쯤 있다가 된장 항아리를 여니 잘 익은 된장 향이 나지 않고 시큼한 역한 냄새가 났다.

그 해는 된장이 발효를 넘어 부패가 되고 말았다. 미생물이 효소를 이용해 유기물을 분해시키는 과정을 발효라 한다. 발효반응과 부패반응이 비슷한 과정으로 이루어지지만, 분해 결과에 따라 유용하게 만들어지면 발효라 하고 악취가 나고 유해한 물질이 만들어지면 부패라 한다고 한다.

콩비지는 발효된 것과 안 된 것의 맛의 차이를 확연히 알 수 있었다. 결혼하고 나서 얼마 지나지 않자 어머님은 비지 한 덩어리를 보내 주셨다. 그 비지는 내가 알고 있던 비지와 달라 부패된 것으로 착각할 정도였다. 청국장 같은 냄새가 나고 색깔도 분홍빛이 돌았다. 찌개를 끓었더니 맛이 생비지 찌개와 완전히 달랐다. 처음에는 거부감이 있었지만 깊은 맛을 느낄 수 있었다. 먹을수록 맛에 빠져들어 익숙한 음식이 되었다. 비지도 청국장 만드는 방법과 비슷한 과정으로 발효를 시킨 것이다.

발효 음식으로 예민한 맛의 차이를 느끼게 하는 것은 안동식혜가 아닌가 싶다. 그 식혜는 고두밥과 무와 생강과 고춧가루가 들어가는 안동에서만 만들어 먹었던 음식이다. 어린 시절 설이 다가

오면 집집이 식혜를 만들었다. 세배 다니면 어느 집이나 식혜와 강정을 내놓았다. 강정 맛은 그 맛이 그 맛인데 식혜는 다 달랐다. 아이 입맛에도 맛이 있는 것과 없는 것을 구별할 수 있었다.

식혜를 발효하는 데는 엿기름을 썼다. 엿기름의 양이 맛을 다르게 할 수 있고, 삭힐 때 온도도 맛을 좌우하는 것 같았다. 요즘처럼 무게와 온도를 정확하게 재서 쓰던 시절이 아니라 손대중으로 만들어서, 만든 사람의 손맛이 맛을 좌우했다. 모든 발효식품은 쉽게 얻어지는 음식이 아니었다. 정성을 들이고 기다려야 얻을 수 있었다. 자칫하면 발효가 부패가 되어 버린다. 발효와 부패가 분리될 수 있는 게 아니고 한 몸에서 이루어지는 결과물이기 때문이다.

발효 식품은 건강과 맛이 좋아 모든 사람들이 즐긴다. 그 식품들은 발효가 잘 된 것과 그렇지 않은 것과의 차이는 엄청나다. 발효가 잘 된 식품은 내내 두고 먹어도 질리지 않아 맛과 영양을 다 갖춘 꼭 필요한 음식이 된다. 발효가 넘어 부패가 되면 그냥 내다 버려야 하는 쓰레기밖에 되지 못한다.

다음 달에 선거가 있다. 정치하는 사람은 발효와 부패를 넘나드는 수법을 아주 잘하는 사람이라 할 수 있다. 그들은 당선되기 전까지는 자기가 발효가 잘 된 사람이라고 천하에 고하지만 그 자리에 앉고부터는 부패와 발효의 경계는 무너지고 만다. 어쩌면 그것을 아주 잘 이용하는 사람이 기회를 잡는 것은 아닌지 모르겠다.

고위공직에 임명이 되면 청문회를 거친다. 평소에는 인품이 좋아 보이던 사람들도 청문회 하는 과정을 지켜보면 청렴결백한 사람 찾기가 쉬운 일이 아니다. 법으로 사람들을 심판하는 이들도 자기의 이익을 위해서는 법을 어긴다. 그들에게는 자기의 부와 명예를 위해서는 양심이 부패가 되어도 아무렇지도 않게 생각하는 이들이라 할 수 있다.

발효와 부패의 경계는 눈으로 보이지 않으니 어떻게 구분을 해야 할까. 사람에게도 그 냄새를 맡을 수 있다면 쉽게 구별이 될 텐데 참으로 어려운 일이라 생각된다.

경칩

지난겨울은 유난히 추웠다. 영하 20도를 오르내리는 날이 연일 이어졌다. 집 앞의 호수가 입춘이 지나면 얼음이 스멀스멀 녹기 시작하는데, 올해는 2월 말인데도 녹을 생각을 않는다.

며칠 있으면 경칩이다. 아무리 추워도 절기 앞에서는 어쩔 수 없는 것 같았다. 경칩이 가까워지니 얼음이 녹을 준비는 하는 모양이다. 밤에 잠자리에 들면 얼음이 깨지는 소리가 들린다. 크게 들릴 때는 담이 무너지는 소리 같기도 하고 자동차가 어디 부딪치는 소리 같기도 하다. 올해는 두껍게 언 탓에 얼음 깨지는 소리도 대단하다.

어느 해던가, 그 해는 빙어를 잡으러 오는 사람들이 유난히 많았다. 낚시를 하는 사람들은 오랜 시간을 얼음 위에서 보낸다. 그러는 동안 그곳에서 모닥불도 피우고 라면도 끓여 먹는다. 쓰레기를 바로 치우지 않으면 얼음에 들러붙어 떼어 내기도 어렵다. 겨울이 깊어 갈수록 호수 위에는 온통 쓰레기로 흉측하게 변해갔다.

해동이 되기 시작했다. 얼음이 녹기 시작하니 쓰레기를 치우러 들어가지도 못했다. 어느 날, 한낮에 호수를 바라보니 그 많던 쓰레기가 하나도 보이지 않고 맑은 물이 바람에 일렁이고 있지 않은가. 쓰레기는 얼음이 녹으면서 수면 아래로 가라앉고 만 것이다.

예전부터 경칩에 얼음 깨지는 소리를 일 년 중 첫 천둥소리라 했다. 그 소리에 놀라 개구리와 곤충들이 땅 밖으로 튀어나오고, 물방개가 얼음 밑에서 겨울 동안 죽은 듯이 지내다가 물 위로 올라온다. 그뿐인가, 곤충의 애벌레도 수면 위로 올라올 준비를 하고 있는 시기다. 혹독한 추위에는 그래도 얼음 밑이 따뜻하니 잠자듯이 가만히 지내 온 시간들이다.

요즘 우리 사회에 경칩의 첫 천둥소리가 들렸다. 수면 아래에 있다가 수면 위로 떠오르는 '미투'(나도 당했다)운동이 번지고 있다. 미국에서 시작한 미투운동이 우리나라에서는 법조계에서 먼저 터졌다. 용기 있는 여검사는 당당하게 얼음을 깨기 시작했다. 법조계에서 그런 일이 있었다면 다른 곳은 얼마나 많을까. 우리 모두가 짐작한 일이었다. 수면 아래에서 죽은 듯이 지내 온 여성들이 입을 열기 시작했다. 참으로 어려운 일이다. 모진 각오로 시작했으리라 여겨진다. 그대로 참고 살아가기에는 너무나 무거운 짐이지 않는가.

3월 초면 겨울잠을 일찍 끝내고 세상에 나온 개구리를 만나게 된다. 연약한 피부는 주변의 마른 풀에라도 찔릴 것 같아 보기에도 애처롭다. 언젠가 차를 몰고 가다가 금방 올챙이에서 개구리가 된 듯한 청개구리 한 마리를 만났다. 길에서 어쩔 줄을 모르고 이리 뛰고 저리 뛰며 갈 방향을 잡지 못했다. 차를 세우고 개구리가 지나가도록 기다렸다. 여리고 여린 개구리가 이 땅에서 살아나기 위해 애를 쓰고 있는 모습이 무척이나 안쓰러웠다. 우리가 개구리의 피부가 단단해질 때까지 지켜 주어야 할 것 같았다.

어느 외국 작가는 개구리의 울음소리로 종(種)을 구별하고 있었다. 낮게 읊조리며 웅웅거리면 '산개구리', 사람의 웃음소리를 닮았으면 '웃는 개구리'고 목청이 불규칙하고 우렁차면 '청개구리'라고 했다. 이 땅의 많은 개구리가 산개구리처럼 큰소리 한 번 내지르지 못하고 살지는 않았을까 하는 생각이 든다.

'미투'를 한 피해자들은 괴롭다. 그들은 당했을 때부터 아픔을 안고 힘든 삶을 살아왔다. 뱉으면 시원할 줄 알았는데 간단한 문제가 아니었다. 오히려 그 화살이 쏜 사람에게 되돌아오지 않을까 하는 두려움도 안고 있다. 그래도 오랜 세월 동안 참고 참아온 일들은 꼬리에 꼬리를 물고 일어났다. 문학계와 연극, 영화계까지 이어졌다. 정치계도 거물급이라 할 수 있는 인물까지 거론되었다.

얼음은 언젠가는 녹고 겨울이 지나면 봄이 오는 게 당연하다. 이제 경칩의 첫 천둥소리는 터졌다. 우리 사회에도 수면 밑에 가라앉았던 부조리의 치부들이 낱낱이 드러날 것이다. 앞으로는 수면 아래까지 깨끗한 호수를 바라볼 수 있지 않을까 기대를 해 본다.

봄은 부활이고 시작이며 추억이다

올겨울은 아직 큰 추위가 이어지는 날이 많지 않았다. 지지난해 겨울은 유난히 추웠다. 영하 20도를 넘나드는 날이 20여 일이 되니, 집집마다 집 안팎에서 동파로 크고 작은 사고가 잦았다. 그 추위에 우리 집 정원에 뿌리를 내린 꽃들이 얼어 죽지는 않았을까 걱정이 되곤 했다.

바람 끝에 봄을 느낄 수 있으면 가만히 있지 못하고 땅을 살핀다. 땅을 만져보고 언 상태로 있으면 손을 대지 않고 푸석한 느낌이 손끝에 닿으면 꽃나무를 손질할 준비를 한다. 매년 봄이 되면 지난해와 다르게 꽃을 배치할 장소를 돌아본다. 이 꽃은 저리 옮기고 저 꽃은 이쪽으로 옮기는 작업을 머릿속에 그린다. 따뜻한 날에 정원을 손질했다.

마당에서 집 안으로 들어오는 좁다란 길을 꽃길로 만들어 주었던 야생화의 뿌리부터 뽑아냈다. 몇 년 동안 가을이면 수수한 아름다움을 뽐내던 좀개미취를 올해엔 위치를 바꿔 보고 싶었기 때문이다. 야생화는 봄이 되면 뿌리의 번식부터 시작되기에 그 전에 뽑아내야 일이 쉽다.

좀개미취의 뿌리를 호미로 찍어 놓고 힘껏 잡아당겼다. 굵은 실 같은 뿌리가 흙을 듬뿍 감싸 안은 채 쑥쑥 뽑혔다. 얼었다가 녹은 흙이 습기가 많고 부드러워 쉽게 처리할 수 있었다. 뿌리가 뽑혀 나간 자리를 얇은 장갑을 낀 손으로 다독여 주었다. 흙을 손으로 느끼니 손끝으로도 봄이 전해왔다. 잡초를 솎아낼 때보다는 힘은 들었지만 일다운 일을 한 기분이 들었다.

여름과 가을에 꽃을 피웠던 꽃대가 정원 곳곳에 그대로 말라 있었다. 그것들을 잘라내고 떨어진 낙엽을 긁어내었다. 그 밑으로 파릇한 새싹이 돋아나고 있었다. 추위가 가신 지 며칠 지나지 않았는데, 땅속에서는 벌써 움직임이 시작되었던 것이다. 괴불과 메발톱과 붓꽃이 세상에서 가장 연약한 모습으로 돋아났다. 매년 봄이면 느끼는 자연의 신비함은 해가 갈수록 더욱 경이롭고 더욱 가슴을 뛰게 하지 않는가.

봄은 부활이다.

겨울에 얼어 죽은 줄 알았던 수많은 생물이 봄바람의 요술 지팡이를 타고 다시 살아나고 있었다. 개울에서는 개구리가 살아나고 산 속에서는 호시탐탐 봄이 오기를 기다리는 동물도 이제 곧 깨어날 것이다. 땅 밑에는 숨죽이며 있던 식물의 뿌리들이 줄을 서서 차례로 싹을 땅위로 내보낼 채비를 하고 있다.

봄은 시작이다.

일 년 사계절 중에 봄은 시작의 의미가 있다. 새싹이 돋고 나무에는 새잎이 난다. 열매를 맺을 준비도 이른 봄부터 하게 된다. 그래서 봄에는 나무에 거름도 주고 전지도 하며 예쁜 꽃과 탐스런 열매를 위해 사람들이 바삐 움직인다. 무슨 일이든지 시작은 중요하기 때문이다.

봄은 또한 추억이다.

봄은 인생으로 보면 유년시절이다. 어린 시절의 순수한 감정과 경험들은 평생 추억으로 남아 있고 어른이 되는 주춧돌이 된다. 돌아갈 수 없는 그 시절을 마음이 시리고 아플 때 꺼내 보게 되는 것이 추억은 아닐까 한다.

봄은 부활이고 시작이며 추억이다.

이번 겨울은 유난히 길었다. 이 선생님이 올해 봄을 대하는 마음은 남다를 것 같다. 지독한 병마와 온 몸으로 부딪치며 싸우고 화해하며 기어이 이겨 낸 것이다. 이 선생님에겐 이번에 맞이하는 봄은 그야말로 부활이고 새로운 시작이라 아니할 수가 없다.

처음 선생님의 병명과 그 후유증을 의사에게 듣고 떨리는 몸을 진정시키고 싶어도 한동안 말을 듣지 않았다. 후유증을 이겨내는 환자가 극소수라는 말에 우리는 선생님의 힘든 시간을 짐작해 보며 얼마나 애태웠던가. 시간이 지날수록 절망과 희망이 교차하며 선생님께는 어떤 말도 할 수가 없었다. 힘든 이 겨울을 보낸 이 선생님이 고맙고 감사할 따름이다.

설중매의 백매는 하얀 색깔 때문에 눈이 덮어 있으면 한 동안 그 존재감이 드러나지 않는다. 그 꽃이 피는 모습을 보고 "하룻밤 사이에 맑은 향기가 피어나니 천지만리에 봄을 흩뿌리는구나"라고 읊은 한시가 있다.

이 선생님이 이 봄에 청향만리의 이치를 알게 해 주었다.

기억할 수 있는 도시

서울의 강북에 살다가 80년대 초에 강남으로 이사를 했다. 우리가 이사 갈 때는 지은 지가 1년이 안 된 고층 아파트의 시세가 강북에 비해 만만치가 않았다. 이사를 가서 보니 한강을 따라 아파트가 즐비하게 들어서 있고 도로변으로는 빈터가 많았다. 건물은 드문드문 있었고 이제 한창 개발하는 중이었다.

8차선 도로가 우리 아파트 뒤쪽에 넓게 나 있었지만 사람과 차는 그리 많이 다니지 않았다. 아파트에서 남쪽으로 난 길을 따라가 보면 예전부터 있었던 산동네에 무허가 건물과 허름한 집들이 다닥다닥 붙어 있었다. 그곳은 얼마 후 재개발이란 이름으로 작은 집들을 허물고 멋진 단독주택과 평수가 어마어마한 빌라와 빌라트가 들어섰다. 새로 지은 그런 집에는 어느 재벌이 이사를 왔고 유명 연예인이 주인이 되었다.

이사를 온 지 일이 년이 지나자 대로변 공터에 빌딩을 지었다. 강남의 빈터에 건물들이 들어서기 시작했다. 터를 고르고 자재가 들어오면 나는 기대감에 일부러 그곳 앞에서 서성이다 집으로 돌아왔다. 건물이 올라가기 시작하면 현장에 세워진 조감도를 보며 완성된 멋진 건물을 상상해 보기도 했다.

몇 개의 건물이 완성되어 동네가 새로워진 느낌이 들었다. 그런데 새로 지어진 건물은 내가 봐도 건축미가 느껴지지 않았다. 그 비싼 땅에 저렇게밖에 지을 수 없을까. 옆 건물과의 균형도 생각하면 좋았을 텐데 늘 실망감만 들었다. 우리는 그 동네에서 20여 년을 살았다. 아이들은 초등학교부터 대학을 졸업할 때까지 살아서인지 그 동네를 잊지 못하는 것 같았다. 지금도 "그때 그랬잖아" 하면 그 동네에서 있었던 이야기다.

유럽을 여행하면 오래된 건축물을 구경하는 재미가 쏠쏠하다. 몇 년 전에 크로아티아의 두브로브니크에 갔다. 옛 도시와 신도시가 붙어 있었는데 7세기에 형성된 구도시가 인상적이다. 지중해의 아름다운 바다와 연해 도시가 이루어져 있었다. 큰길 옆으로 난 작은 길은 골목으로 이어졌다. 골목엔 집들이 촘촘히 들어차 있어, 그것들이 속살이 되어 마을을 이루고 있는 모습이 무척 정겨웠다. 골목에 깔아놓은 네모난 대리석은 많은 사람이 밟아 금방 기름칠해 닦아 놓은 듯 반질거렸다.

골목을 따라가다 보면 예전이나 지금이나 변함없을 그곳 사람들의 삶과 일상을 엿볼 수 있었다. 어느 집에라도 들어가서 거기 사는 사람과 얘기라도 나누고 싶었다. 나라는 달라도 사람 사는 모습은 비슷하지 않은가. 세 끼 식사 준비와 청소하고 빨래하다

보면, 아무 일을 한 것 같지 않은 하루가 지나가 버리는 아쉬움을 이야기하고 싶다. 골목길은 한 시간이면 한 바퀴 돌 수 있지만 몇 번을 돌아도 지루하지 않아 거닐고 또 거닐었다. 돌아다니다 보면 아까 보았던 옷가게가 보이고 조금 전에 보았던 이발소도 만나게 된다.

그 도시를 보호하기 위해 13세기에 언덕 위에 성벽을 세워 놓았다. 구도시를 둘러싼 성벽을 따라 걸었다. 아래를 내려다보니 옹기종기 붙어 있는 집들의 붉은 지붕들, 그 자체가 모두 아름다운 골동품이었다. 여행객들은 빌딩이 들어선 신도시보다 구도시를 구경하느라 시간을 보냈다.

아들은 미국에 있을 때 일 년에 한 달씩 휴가를 내어 한국에 다니러 왔다. 그때 그 애는 어린 아들을 데리고 예전에 오랫동안 우리가 살았던 동네를 돌아보았다. 아파트가 그 시절보다 낡긴 해도 그대로 있어 무척 반가웠다 한다. 자식을 데리고 어린 시절 놀았던 놀이터에도 가 보고, 자주 들렀던 문방구에도 가고 떡볶이 가게도 가 보았단다. 동네를 돌아다니며 말을 알아듣지 못하는 아들에게 아빠가 살았던 동네 이야기도 들려주었다며 상기된 표정으로 돌아왔다. 아들이 벌써 추억을 돌아보고 싶은 나이가 되었는가.

아직도 그 동네에 사는 친구가 있다. 그 동네도 재건축을 추진하고 있어 아파트 가격이 치솟고 있다고 전했다. 30여 년 된 아파트를 부수고 재건축을 한다는 소식이 반갑지 않았다. 우리 가족이

20여 년을 살았던 추억도 흩어지는 기분이 들었다.

2천 년 전에 건축물이 생긴 도시인 폼페이의 유적을 보았다. 유적만 남은 도시지만 사진으로 본 건축물은 힘이 있고 실용성이 있으면서 멋이 있었다. 후세 사람들은 폼페이는 미학과 과학이 어우러진 최고의 도시였다고 하지 않던가. 2천 년 전에 그렇게 완벽한 조건을 갖춘 도시를 어떻게 건축할 수 있었는지 놀라지 않을 수 없었다. 이태리의 건축물은 로마 시대보다 더 잘 지어진 것은 없다고 할 정도라 한다. 이태리는 조상들이 만들어 놓은 건축물이 어우러진 도시로 밥을 먹고 산다고 해도 과언이 아니지 않는가.

아들이 내 나이가 되어 자식을 데리고, 아비가 살았던 동네를 거닐며 어린 시절을 기억하며 이야기할 수 있었으면 얼마나 좋을까. 발이 닿는 동네마다 지난 일을 기억하고 이야기할 수 있는 우리의 도시가 그립다.

요즘 강남에는 재건축으로 오래된 아파트가 해체되고 새로 짓느라 부산하다. 지금이라도 서울을 대표하는 강남에 오랜 세월에 견딜 수 있는 집을 지었으면 하는 바람을 가져본다. 자자손손 거주하며 함께 공유하는 추억을 이야기할 수 있는 집과 동네. 그런 집의 역사가 살아있는 도시를 꿈꿔본다.

선택과 강제

매스컴에서 다시 위안부 문제로 떠들썩하다. 일본의 외무상과 한국의 외교부장관이 만나 위안부 문제를 심도 있게 나눌 예정이라 했다. 언제나 위안부 문제는 일본의 태도에 국민의 감정만 자극하여 분노하게 했는데, 이번에는 그렇지 않기를 바라본다.

지난해 가을 뉴질랜드에 여행을 갔다. 경치가 좋은 곳이 많아 여러 곳을 둘러보았다. 그 중에 남섬에 있는 애로우 타운에서 보았던 오두막이 잊히지 않고 자꾸 생각났다. 1860년대에 뉴질랜드의 개척시대에 사금을 채취하기 위해 몰려온 사람들로 이루어진 타운이다. 길을 중심으로 양쪽으로 들어선 단층 건물이 예전 모습 그대로를 간직하고 있었다. 도시라기보다 우리나라의 면 소재지 정도 되는 크기다. 그곳에 카페와 크지 않는 박물관과 관광객을 위한 식당으로 이루어져 있다. 마을 중심에 작은 우체국 앞에 빨간 우체통이 유난히 눈에 띄었다.

애로우 타운의 중심가를 벗어나 산으로 올라갔다. 강을 끼고 높은 산들이 이어진 길을 따라 올라가자니 주위 경관이 빼어났다. 뉴질랜드는 땅은 넓은데 사람들이 별로 없었다. 그래서 어딜 가도 한적해 자연은 더욱 광활하게 보이는 것 같았다. 곳곳에 낯익은 들꽃이 소박한 얼굴로 한들거리며 우리를 맞이했다.

애로우 강을 따라 조금 더 올라갔다. 집이라고 하기에는 너무 작은 막사처럼 보이는 오두막이 산 밑에 군데군데 보였다. 언뜻 보면 축사 같기도 했다. 돌을 쌓아 지은 것도 있고 나무를 얼기설기 엮어 만든 것도 있었다. 가이드의 설명을 듣지 않고는 도무지 그 용도를 알 수가 없었다.

그 안을 들여다보니 사방이 어둡고 작은 방만한 크기의 공간이 보였다. 사람이 살았던 곳으로는 생각도 하기 어려운 그곳에서 한 가족이 밥도 해 먹고 잠도 자고 생활하는 보금자리였다 한다. 사금 채취를 위해 돈 많은 유럽 사람들이 인건비가 싼 중국 사람들을 고용했다. 그 곳은 중국 사람들이 생활한 곳이었다.

오두막들이 있는 바로 그곳에 팻말이 하나 서 있었다. "입소문만 듣고 그 먼 거리를 가족을 데리고 건너온 중국인의 용기에 우리는 진심으로 경의를 표한다."라고 적혀 있었다. 그 팻말을 보는 순간 전혀 다른 일인 일본이 위안부를 대하는 태도가 왜 떠오르는 것일까.

일본은 그동안 몇 차례의 사과와 위로금은 주었지만, 그들의 태도에 국민들의 분노만 샀다. 위안부 한 사람, 한 사람의 쓰라린 과거를 진정으로 이해하고 사과했던가. 아직도 그때의 수치심으로 치를 떨며 살아가는 위안부들의 마음을 한 번이라도 생각했던가. 돈을 벌기 위해 먼 거리도 마다 않고 온 중국 사람들을, 뉴질랜드는 모른 척 할 수도 있었을 텐데 진심을 담아 경의를 표하지 않았는가.

선택과 강제는 엄연한 차이가 있다. 뉴질랜드에 온 중국 사람들은 돈을 벌기 위해 자기들이 선택을 해서 온 것이고, 위안부들은 어린 나이에 어쩔 수 없는 막강한 힘에 강제로 가게 된 것이다. 감히 비교도 할 수 없는 다른 일이지만 뉴질랜드는 중국 사람들의 기를 살려주었다. 많은 세월이 흐른 뒤에 위안부 할머니는 "조금 아팠으면 참았을 텐데, 많이 아팠어."라며 말문을 열기 시작했다.

지금도 중국과 뉴질랜드는 비행기로 열 시간이 넘는 거리다. 그 때 그들은 중국에서 가족을 데리고 배를 타고 왔다. 먼 거리의 이곳까지 오는데 얼마나 어려운 일이 많았을까. 뉴질랜드는 그들의 노고를 잊지 않았다. 중국인 거주지가 유적지로 애로우 타운과 함께 나라의 보호를 받고 있다. 사금 채취를 위해 뉴질랜드에 온 그 당시 중국 사람들은 첫 이주민이 되었으리라.

그 후세들은 뉴질랜드에서 자유로운 삶을 살고 있었다. 과거와 현재를 거리낌 없이 이야기할 수 있는 그곳에서 그들은 개척자의 어려운 선택을 부끄러워하기는커녕 존경했으리라 여겨진다.

일제강점기 때 일어난 일을 덮으려고만 하는 일본. 당당하게 그때의 상황을 있었던 그대로 이야기하며 진정어린 사과를 바라는 게 우리의 고집일까. 어쩔 수 없어 일본에서 살아가는 우리 동포

들이 있다. 일본사람들의 차별에 또 얼마나 많은 상처를 받았던 가. 사람들은 아픈 과거 일수록 잊고 싶어 한다. 아직도 청산되지 않은 두 나라의 문제는 그 일을 잊지 못하게 하고 있었다.

오두막에서 애로우 타운으로 걸어 내려오면서 그 때 중국 사람들의 마음을 짐작해 보았다. 그들은 이곳에서 사금을 채취하면서 한 순간이라도 바다 같은 하늘을 쳐다볼 수 있는 마음의 여유는 있었을까. 높고도 깊은 주위의 산이 계절이 바뀌면서 얼마나 아름다운가. 그 아름다운 모습을 잠시나마 눈길을 줄 수 있었을까.

그들은 그 대가를 후손들이 받고 있다는 생각이 들었다.

전화에 얽힌 두 가지 이야기

1

내가 살고있는 곳이 경기 북부지역이다. 집을 나서면 군인들이 많이 눈에 띄고 군용차도 자주 보인다. 군인들이 줄을 지어 훈련을 받는 모습도 쉽게 볼 수 있다. 그들을 보면 오래전에 고향에서 있었던 일이 이따금 생각난다. 고향에도 군부대가 시내에서 멀지 않아 군인들이 많았다.

세 살 위인 언니가 서울로 시집을 가서 다니러 왔다. 중앙선을 타고 서울로 가려면 거의 10시간은 걸리는 시절이라 밤차를 타고 아침에 내리는 기차를 이용했다. 언니를 정거장까지 배웅하고 한밤중에 집으로 돌아오는 중이었다. 우리 집은 변두리에 있었다. 시내를 벗어나니 사람이라곤 눈에 띄지 않고 찬 바람만 세차게 불었다. 휑한 도로에서 누가 부르는 소리가 들렸다. 뒤를 돌아보니 길옆에 군용트럭이 서 있고 차 밑에 사람이 있었다. 가까이 다가가니 군인이 손전등으로 차를 살피고 있는 모습이 보였다.

그는 나를 보자 쪽지를 건네주었다. 여기로 전화를 하면 사람이 올 것이라며 미리 고맙다는 인사를 정중하게 했다. 멀리 공중전화가 있는 구멍가게까지 뛰어 갔다. 찬바람은 더욱 세차게 얼굴을 때렸다. 동전이 떨어지고 수신음이 울리는 시간이 길게 느껴졌다. 군기가 바짝 든 남자가 전화를 받았다. 전화를 받으니 이제는 됐다는 생각에 잠시 동안이지만 마음을 내려놓을 수 있었다. 이쪽 상황을 자세히 전했다. 그런데 내 말을 듣더니 아까의 군기든 목소리는 어디 가고 능글맞은 남자의 장난기가 발동한 것이 아닌가.

아가씨가 이 시간에 무슨 이유로 전화를 했느냐? 우리를 만나고 싶으면 솔직하게 이야기를 하라며, 내 말을 바로 듣지 않고 말장난만 하고 있었다. 사람을 보고 이야기했다면 볼이라도 한 대 쳤을지도 모른다. 추운 날씨에 맨 바닥에 누워 차를 고쳐 보려고 애쓰는 사람을 생각해 끝까지 설득하려 애를 썼다. 내 말을 곧이곧대로 들으려 하지 않으니 안타까운 마음만 안고 전화를 끊을 수밖에 없었다.

그 뒤부터 모르는 사람에게 전화해야 할 때면 그때의 일이 떠올랐다. 요즘은 전화로 거짓을 진실로 가장한 목소리로 남을 속이는 보이스피싱이 유행하고 있다. 진실로 포장한 거짓 목소리에 속아 넘어 가는 사람도 있는데, 그 때 전화를 받은 군인은 왜 진실을 알아채지 못했는지 아쉬운 마음이 어제 일처럼 남아 있다.

2

친구는 내가 전화를 받자, 안도의 한숨을 쉬며 가슴을 쓸어내리는 듯했다. 그가 잠깐 자리를 비운 사이에 직원이 전화 한 통을 받았다. '서정숙 씨 아들에게서 어머니가 돌아가셨다.'는 연락이 왔다는 것이다. 어머니 폰에 이 번호가 입력되어 있어 전하는 것이라고 했다 한다. 친구는 그 소리에 가슴이 덜컥 내려앉고 다리가 후들거려 서 있을 수조차 없었다. 믿기지 않는 소식에 확인을 하려 우리 집과 내 핸드폰으로 전화를 해 봐도 받지를 않았다. 전화를 받지 않으니 그 소식이 맞을지도 모른다는 생각에 몸을 지탱하는 힘까지 빠지는 듯했다.

같은 소식을 받았을 친구에게 전화를 해도 불통이었다. 다른 지인에게 전화를 해 안타까운 소식을 전하니 아직 모르고 있는 그의 마음도 애타는 것은 마찬가지였다 한다. 전화를 하며 안절부절 못하는 친구의 모습을 지켜보던 직원이 그제야 생각이 났는지 장례식장을 알려주었다. 그는 장례식장에 전화를 걸어 확인하니 나이와 상주의 이름이 아니었다지 않는가. 그날따라 나는 핸드폰을 집에 두고 일찍 외출을 했다. 일을 보고 남편과 식당에서 점심을 먹고 있었다.

친구는 내 목소리를 들어야 안심할 수 있을 것 같아 어렵게 남편 핸드폰 번호를 알아내었다. 점심을 먹고 있는데 남편 핸드폰으로 나를 찾는 전화가 온 것이다. 시간은 그리 길지 않았지만 친구와 지인은 뜻밖의 부고에 무척 힘들었다고 했다. 몇 시간동안 내가 모르는 사이에 전화로 인해 생긴 소동을 친구에게 전해 듣고 우리는 한바탕 웃었지만 묘한 느낌이 남았다.

그 친구와 지인은 수필을 연으로 알고 지낸 지가 30여 년이 다 되어 간다. 예전에는 일주일에 한 번 만나 수필공부를 하고 뒤풀이로 수다를 떨며 중년이라는 한 시대를 함께 보냈다. 평소에는 무심한 듯 지내지만 잘못 전한 부고는 우리의 관계를 확인시켜 주었다.

만약에 그들이 이 세상에 없다면 나는 얼마나 허전하고 쓸쓸한 삶을 살아가야 할까. 그들에게도 이 세상에 내가 없다면? 우리는 그동안 서로 알게 모르게 사랑하고 의지하며 함께 살아가고 있었다.

일체유심조(一切唯心造)

크지 않은 어항에 물고기들이 활발하게 움직인다. 거실 탁자 위에 놓여 있는 어항을 자주 들여다보는데, 작은 공간이지만 평화롭고 여유로워 보인다. 우리 집에서 키우는 물고기는 구피라는 열대어 종인데, 물속에서 잠시도 가만히 있지 않는다. 수컷은 암컷을 주둥이로 슬쩍 건드리면, 암컷은 꼬리를 요리조리 흔들며 도망간다. 수컷이 암컷의 꽁무니를 따라다니는 꼴은 우리가 봐도 귀엽고 재미롭다.

구피도 수컷이 더 아름다웠다. 수컷의 꼬리와 몸통의 반은 붉은색이고 빛을 받으면 몸에서 파란색의 광채가 났다. 수컷이 유영하는 몸짓은 우아했다. 암컷은 아름답지 않아도 수컷의 사랑을 한 몸에 받고 있는 듯이 보였다.

구피는 알을 낳는 게 아니라 새끼를 낳는다. 암컷들은 새끼를 배면 배에 곡선으로 된 까만 띠가 보이는데, 그것들의 배가 비는 날이 없었다. 보름에 한 번 정도 어항의 물을 갈아준다. 그 때마다 새로 태어난 새끼가 눈에 띌 정도로 번식력이 뛰어났다.

새끼를 자주 낳으니 물을 갈 때마다 고기의 숫자가 불어나야 하는데, 그전에 태어난 새끼의 수는 줄어들곤 했다. 이상한 생각이 들어 구피에 대해 자세히 알아보았다. 놀랍게도 구피는 자기 새끼를 잡아먹는다지 않는가. 새끼를 낳으면 바로 분리를 해 두거나 새끼들이 숨을 수 있게 바닥에 조개껍데기 같은 것을 깔아 놓아야 된다는 것이었다.

구피의 생태를 알고 보니 어항 속이 평화로운 게 아니었다. 어미들이 새끼를 쫓아다니는 것도 새끼가 귀여워서가 아니지 않는가. 새끼들은 어미 아비에게 잡히지 않으려고 그들의 눈을 피해 작은 몸을 바삐 움직였다. 아까는 암컷에게 보내는 애무로 보였던 수컷의 행위도 이제는 암컷을 차지하려는 수컷의 힘으로 느껴졌다. 아침마다 먹이를 주면 활기차게 달려드는 것도 서로 더 많이 먹겠다는 몸부림으로 비쳤다. 이제 더 이상 어항 속은 평화도 자유도 없는 치열한 삶의 현장처럼 보였다.

몇 년 전에 인도에 갔을 때였다. 일정이 바빠 새벽에 바라나시에 도착했다. 해가 떠오르기 전의 갠지스강은 몽환적인 분위기였다. 어둠속에 안개가 자욱하여 눈앞에서 스멀거리는 게 겨우 감지되었다. 멀리서 작은 촛불의 불빛이 여기저기에서 희미하게 비쳤다. 아이들이 손님들에게 팔기 위해, 물위에 띄우는 종이 접시에 작은 촛불을 담아 불을 붙여 팔고 있었다. 그 모습도 동화처럼 아름답게 느껴졌고, 불빛도 아련하게 보였다.

촛불을 사서 배에 올랐다. 너무 이른 시간이라 강에 떠 있는 다른 배는 보이지 않았다. 우리 일행은 일찍 나오길 잘했다며 소원을 담아 촛불을 물 위에 띄웠다. 강물에 손을 적시기도 하고 손으로 물을 흩뿌리기도 하며 이색적인 분위기에 흠뻑 젖었다. 강을 거슬러 한참을 올라갔다 내려오자니 날이 차츰 밝아 오는 것 같았다. 주위의 사물이 눈에 들어왔다.

강가의 장작더미들은 불꽃이 사그라지는 듯하다가 살아나오며 밤새도록 시체를 태운 것 같았다. 장작개비들은 타다가 만 채로 널브러져 주위의 온갖 잡동사니와 뒤섞여 있었다. 눈에 보이니 사방에서 고약한 냄새까지 나기 시작했다. 사람들도 줄을 이어 모여들었다. 목욕을 하는 사람들과 빨래를 하는 사람, 기도를 하며 무슨 의식을 치르는 것처럼 보이는 이들도 있었다.

날이 밝아오자 물빛도 아까와 달랐고, 물속의 오물도 보이기 시작했다. 강을 자세히 들여다보자니, 조금 전의 경건함과 환상적인 모습은 꿈같이 사라졌다. 너무나 적나라하게 보이는 갠지스 강은 냄새와 더불어 구토가 날 지경이었다. 갠지스 강이 인도사람들에게 어떤 곳인지 모르는 이는 없다. 새벽에 마주한 강은 잠시 모든 사실을 잊어버리게 했다.

똑같은 것을 보고 이렇게 다르게 생각할 수 있을까. 혼란스러웠다. 내가 본 것이 어떤 게 참이고 어떤 게 거짓일까. 참과 거짓의 문제가 아니었다. 잔인함과 평화가 공존하는 게 사회고 자연이지 않는가.

어항 속에서 변함없이 움직이는 구피의 모습을 보고, 그들의 방식대로 살아가는 자유로운 삶의 질서라고 생각하기로 마음먹었다. 그랬더니 차츰 어항 속이 다시 평화롭게 보이기 시작했다. 바라나시도 그곳을 중심으로 이루어지는, 가장 자연스럽고 진실된 인도 사람들의 일상이지 않은가. 어둠 속에서 보았던 환상적인 분위기의 갠지스강을 오래도록 추억하리라.

불교에서 일체유심조라 하지 않았던가. 나쁜 점을 보고 고통 속에 사느니 좋은 부분을 생각하고 즐겁게 사는 것이 더 나은 삶이 되지 않을까. 세상사 마음먹기 나름이라는 일체유심조를 생각하며.

고통의 무게

아프다. 단순하게 아프다는 말로는 표현이 너무 빈약하다. 등을 예리한 칼로 내리긋는 것 같은 통증이 감각신경을 따라 돌아다녔다. 산고가 이렇게 아팠을까. 대상포진의 통증이 이럴까. 가만히 있어도 눈물이 났다. 아파서 울어 본 적이 얼마만인가. 나이가 들고는 감정이 북받쳐 눈물을 보였지 아픈 것은 참을 수 있지 않았는가.

허리가 불편해 집에서 가까운 병원에 갔다. 의사가 허리는 아무 이상이 없다며 골다공증 검사를 권했다. 검사 결과가 좋지 않다며 치료제로 석 달에 한 번씩 맞는 주사제를 처방해 주었다. 주사를 맞고 좀 있자니 몸살이 온 것처럼 몸 상태가 좋지 않았다. 이튿날 새벽에 통증 때문에 잠을 깼다. 심하게 아프기 시작했다. 시간이 지날수록 도저히 참기 힘들 정도로 등이 아팠다. 주사를 맞은 사람들 중에 4프로 정도는 부작용으로 심한 고통을 느낀다는 것이다.

고통을 참으며 친구한테 전해 들은 어떤 사람이 생각났다. 그는 80이 다 된 할머니로 종교생활을 열심히 하며 여유로운 노후를 보내는 복 많은 사람으로 보였다 한다. 어느 날 할머니의 50대인 딸이 교통사고로 죽었다는 안 좋은 소식을 들었다. 딸이 죽은 지 5일 후 할머니는 그가 죽기 전에 가기로 한 연극을 보러 간 것이다. 그 일은 말하기 좋아하는 사람들의 입에 오르내리기 시작했다. 하나뿐인 딸이 죽은 지 얼마 되지 않아서 평소대로 연극을 볼 수 있다니.

겉모습과는 다르게 할머니는 무척 가난하게 살았다. 이혼한 딸과 외손녀와 근근이 살아갔다. 얼마 전에 외손녀가 신랑 측이 원하는 혼수를 하지 못한다는 이유로 파혼을 당하는 황당한 일까지 있었다. 파혼 뒤에야 외손녀가 임신한 것을 알게 되었다는 것이다. 그 와중에 딸이 출근하다가 교통사고를 당했으니 현실이라고는 생각도 못할 일이 할머니에게 연속적으로 일어났다.

할머니의 고통을 짐작해 보았다. 지금 처한 현실로 보아 얼마나 많은 어려운 상황에서 고통을 받으며 긴 세월을 살아왔을까. 종교의 힘으로 살아가는 할머니에게 더 이상 느낄 고통은 남아 있었을까. 연극 한 편으로 마음을 다스려 보려 했던 할머니에게 무슨 말을 할 수 있겠는가.

고통의 무게를 덜어내는 방법을 할머니는 알고 있지 않았을까 싶다. 나에게 주어진 고통을 어떻게 하면 줄이는지 어떻게 하면 내가 그 고통을 최소화로 받을지, 할머니는 많은 고통을 이겨낸 뒤에 그 법을 알게 된 것이리라. 몸의 통증과 정신적인 고통은 결과는 같다고 생각한다. 몸이 아프면 마음도 아프고 마음이 아프면 몸에 이상이 오기 때문이다.

타인의 고통을 온전히 공감하기는 어려운 일이다. 그래서 아픔은 혼자만 감수해야 하니 지독한 고독이라 말할 수 있다. 혼자 아파야 하는 것도 어려운데 섣부른 남의 위로나 시선이 달가웠을 수 있었을까. 극도의 고통을 할머니는 여러 번 겪으며 삶을 이어왔다. 그는 죽을 것 같은 고통을 껴안고 견디며 살아야 한다는 것을 운명으로 알고 있었을 것 같다.

진주가 탄생되기까지 조개의 고통을 읽었다. 조개의 보드라운 몸속에 이물질이 들어갈 때가 있다. 그러면 조개는 선택을 해야 한다. 이물질을 무시해 버릴까. 고통을 감수해야 할까. 무시해 버리는 부류는 이물질 때문에 살이 썩기 시작해 얼마 못 살고 죽어 버린다. 다른 부류는 자기 몸에 들어온 이물질을 고통으로 감내하며 있는 힘을 다해 감싸 안는다.

이물질을 감싸 안은 조개는 상처와 고통을 안고 살아갈 수밖에 없다. 그 고통이 하루 이틀이 지나 1년 2년, 그보다 더한 세월이 흘러야 진주가 만들어진다고 한다. 조개가 고통을 대하는 태도와 사람이 고통을 대하는 것이 닮았다. 사람도 고통이 닥쳤을 때 피하기보다 그 고통을 끌어안고 견디며 살아가는 사람이 성공하는 확률이 크기 때문이다.

어느 신부는 안락사를 반대한다고 했다. 인간이면 누구나 느껴야 하는 죽음의 고통도 온전히 받아들여야 사람이 일생을 살았다고 할 수 있다는 것이다. 고통도 우리 생의 일부분이라는 말인 것 같다. 살아 있는 모든 것은 크고 작은 고통을 안고 있다. 할머니와 이물질을 끌어안고 살아가는 조개의 고통의 무게는 너무나 커 우리가 헤아릴 수는 있을까.

고통에 관한 생각을 하자니 약의 부작용으로 일시적인 아픔은 참을 수 있었다. 고통은 극복해야 하는 게 아니라 견뎌내는 것이기에.

지하철 상인

앞칸의 문이 열리면서 그가 나타났다. 지하철 안의 분위기는 비교적 조용했다. 사람들은 나이를 막론하고 스마트 폰을 손에 쥐고 드라마를 보거나, 게임을 하거나 문자를 나누며, 손바닥만 한 크기에 담긴 무궁무진한 세계를 탐색하는 중이다. 그런 승객들 사이에 그가 음악 소리와 함께 여행 가방을 끌고 들어왔다. 그러고는 CD가 들어있는 책자를 펴들고 사람들 사이를 왔다 갔다 했다. 한 개도 팔지 못하고 그는 다음 칸으로 사라졌다.

그를 처음 본 게 5년은 훨씬 넘었다. 어느 날 지하철을 탔는데 내가 좋아하는 음악이 흘러나왔다. 지하철에서 물건을 파는 사람이 틀어 놓은 것이었다. 물건을 파는 사람을 보고 깜짝 놀랐다. 외모가 아주 잘생긴 남자가 CD를 팔고 있기 때문이었다. 키가 크고 체격도 좋았고 얼굴은 광채가 날 정도로 하얗고 깨끗했다. 이목구비도 반듯하게 생겼다. 그런 외모라면 남방셔츠에 청바지만으로도 충분히 멋스러웠다. 40대 초반 정도로 보였는데 정확히는 짐작하기 어려웠다.

그동안 그에게 산 CD가 열 개가 한 묶음으로 된 세 세트이다. 처음 올드 팝을 샀을 때는 잘생긴 외모와 그의 맑은 얼굴에 무슨 사연이 있어 이런 장사를 하지 않나 싶어 동정심으로 샀다. 두 번째로 산 통기타 7080은 노래가 좋아서였다. 우리 집은 야외에 스피커를 설치해 놓아 CD가 골고루 필요했다. 세 번째 팝 베스트 텐을 샀을 때는 기분이 좋지 않았다. 잠시 동안 피치 못해 하는 장사인 줄 알았는데, 긴 기간 동안 변함없이 CD를 팔고 있으니 괜히 물건을 사면서도 짜증이 났다.

그 뒤 오랜만에 다시 지하철에서 그를 만났다. 반갑기보다 아직도 이 생활을 벗어나지 못하고 있는 모습에 한심한 생각이 들었다. 예전보다 추레해 보였다. 겨울이라 외투가 그를 그렇게 보이게 했는지도 모른다. 그를 볼 때마다 표정은 점점 침울하게 변해갔다. 나중에는 눈물도 메말랐을 것처럼 보였다. 아마 저 사람은 꽃을 보아도 아무 느낌이 없을 것 같았고, 아름다운 새소리도 들리지 않을 것 같았다. 언제나 똑같은 무표정으로 한마디 말도 없이 지하철에서 CD를 팔고 있었다. 이젠 새로운 음반이 나왔다고 해도 사고 싶은 마음이 들지 않을 듯 했다.

젊은이에게 5년은 짧은 세월이 아니지 않는가. 아직도 지하철을 벗어나지 못하는 것을 보면 어지간히 수단이 없는 사람인가 보다. 사업을 하다가 파산을 해 궁여지책으로 밑천이 들지 않는 일을 찾다가, 잠시 지하철에서 물건을 팔수는 있다. 그런데 몇 년이 지난 지금까지도 그 일을 계속하고 있지 않은가. 그 모습을 보고 있자니 아무 관계도 없는 내가 그 사람 때문에 마음이 몹시 답답했다.

그는 아마 학창 시절에 선생님이 시키면 시키는 대로 하는 융통성이 하나도 없는 착하디착한 학생이었을 것 같았다. 사람들 앞에 나서는 것을 보면 용기가 없는 것도 아니지 않는가. 젊은이가 5년이 넘는 세월을 잘 팔리지도 않고, 팔려도 이윤이 얼마나 남을까 싶은 일을 계속하고 있다니. 리어카 살 돈만 있어도 노점에서 붕어빵을 구워 팔아도, 지하철 상인보다야 낫지 않겠는가. 앞으로 한 번만 더 만나면 그에게 무슨 말이라도 해야 될 것 같은 심정이었다.

그런데 갑자기 그가 이 일을 할 수밖에 없는 처지는 아닐까 하는 생각이 들기 시작했다. 혹시 귀가 들리지 않아 말을 못한다면? 지하철에서 말을 하는 걸 본 적이 없고, 물건을 주고받을 때도 고맙다는 말조차 하지 않았다. 그의 얼굴을 보면 미미한 감정조차 느낄 수가 없었다. 지하철의 다른 상인들은 시끄러울 정도로 큰 소리로 상품의 우수성을 광고하지 않던가. 그렇다면 내 생각이 크게 잘못된 것은 아닌지. 아니면 이때까지 어떤 사연이 있어 집에만 있다가 용기를 내서 처음으로 사회에 나온 것이 지하철 상인이었을까.

플라톤은 "타인에게 친절하라, 그대가 만나는 모든 사람은 지금 그들의 삶에서 아주 힘겨운 싸움을 하고 있기 때문이다."라고 말했다. 그 사람도 자기 삶을 아주 충실하게 살고 있지 않은가. 남들이 보면 하찮은 일이라도 그에게는 최선의 방법이 아니라고 말할 수 없는 일이었다.

그 사람을 이해하고 격려하기보다 내 생각대로 그에게 무슨 말이라도 내뱉었다면 얼마나 큰 상처가 되었을까. 나는 그동안 그에 대해 잘 알지도 못하면서 내 잣대로 함부로 무슨 상상을 했던 것일까.

요양원과 골프장

우리 마을에서 청평으로 가는 길이 새로 났다. 산과 계곡이 어우러져 풍광이 아름다운 길을 따라 10분 정도 가다 보면, 요양원인 가평 꽃동네와 골프장이 맞닿아 있다. 그 앞을 자주 지나다니면서 어울리지 않는 시설이 붙어 있다는 생각을 했다.

성당에서 성경 공부를 하기 위해 일주일에 한 번씩 꽃동네에 사는 수녀를 모셨다. 우리 집이 꽃동네와 가까워 내가 모시러 다녔다. 그래서 몇 주 동안 그곳에 가게 되었는데, 약속 시간보다 일찍 도착해 주위를 둘러볼 기회가 생겼다.

골프장이 요양원 마당에서 내려다보니 잘 가꾼 정원처럼 느껴졌다. 가까이 있는 홀에서는 공을 잘못 치면 이곳까지 날아올 것만 같았다. 산뜻한 복장에 잔디밭을 유유히 걸어가는 사람들이 무척 행복하고 여유롭게 느껴졌다.

요양원은 늘 조용했다. 수녀가 바쁜 걸음으로 이따금 오가는 모습이 눈에 띄었다. 봉사자들은 조용히 바쁘게 움직이고 있었다.

요양원 사람들은 천천히 산책을 했다. 혼자 다니는 사람도 있고, 실없이 웃으며 돌아다니는 사람도 있다. 멍하니 야외 의자에 앉아 먼 산을 쳐다보는 사람도 몇 명이나 되었지만, 서로 어울리지 않고 거리를 두고 있었다. 그들의 표정은 한결같이 무덤덤한 편이다. 세상일에 관심도 없어 보이고 무슨 일에 욕심을 낼 것 같지도 않았다. 그래도 뜰을 거닐 수 있는 사람들은 상태가 양호하다 할 수 있다. 몸을 제대로 움직이지 못해 침대에 누워 지내는 사람들이 더 많다고 했다. 그들은 서로 대화를 하지 않아 사람 소리가 나지 않았다. 골프장에서는 이따금 고성으로 환호하는 소리가 들렸다.

바람도 햇살도 신선한 공기도 요양원과 골프장은 똑같다. 그러나 금 하나를 사이에 두고 모든 게 너무나 달랐다. 비슷한 나이에 한 사람은 골프를 치고, 한 사람은 내 한 몸 의지할 데 없어 요양원에 맡겨져 있다. 이웃하고 있는 사람들의 삶이 비교가 되지 않을 수 없었다. 요양원 사람들과 골프를 치는 사람들은 서로 태어날 때부터 다른 모습이었을까. 언제부터 차이가 나기 시작했을까. 삶의 흔적을 들추어 보고 싶은 심정이 일었다. 꽃동네에 있는 사람들도 과거가 평탄하고 화려했던 이가 꽤 있다고 들었다.

그날은 요양원에 행복한 기운이 감돌았다. 하늘도 맑고 햇빛도 찬란하게 내리비쳤다. 나뭇잎도 유난히 반짝이며 산들거렸다. 산책하는 사람이나 의자에 앉아 있는 사람들 모두가 표정이 밝았다. 유독 새하얀 신발들이 눈에 띄었다. 날씨 탓이 아니라 그들은 새

운동화를 신고 있었다. 딱히 새 신을 신고 갈 데도 없을 텐데, 기분이 좋아 감추지를 못하고 있지 않은가. 그곳에 사는 사람들의 표정이 밝으니 가라앉았던 요양원 분위기가 달라 보였다. 그들은 빵 하나를 더 먹을 수 있으면 즐겁고, 누가 신발 한 켤레 선물하면 세상에서 제일 행복한 사람들이 된다고 수녀가 귀띔해 주었다.

작은 것으로 행복을 느낄 줄 아는 사람이 진정 행복한 사람이지 않은가. 저 아래에서 골프를 치는 사람들은 얼마큼 행복을 느끼며 살고 있을까. 우선은 골프를 치면서 다른 사람보다 더 좋은 점수를 얻기 위해 안간힘을 쓰고 있을 것이다. 마음을 비우면 공을 더 잘 칠 수도 있을 텐데, 그것조차 욕심이 들어가 운동을 망치고 있지는 않을까. 골프를 치는 사람들은 물질적으로 여유가 있다고 볼 수 있다. 그래서 가진 것을 잃지 않으려고 애쓰고, 더 채우려고 애쓰다 보면 행복이란 단어는 남의 일처럼 여기며 살고 있지는 않은지.

꽃동네 사람들은 잃을 것이 없으니 걱정이 없다. 요양원 뜰에서 산책하는 사람들이야말로 세속의 욕심을 걷어 내고 마음을 비운 사람들이지 않은가. 그 사람들이 마음을 비우기까지의 삶이 결코 쉽지는 않았으리라 여겨진다. 온갖 욕심이 끝없는 삶에 지쳐서 마음을 비우게 되었을까. 세상 것 다 가진 뒤에 그렇게 되진 않았을까. 아니면 힘든 세상 살아가다가 어느 순간에 그 끈을 놓아 버렸을까.

우리도 언젠가는 세상의 끈을 놓을 수밖에 없는 처지이고 보면,

그들은 단지 우리보다 한 발 앞서 가고 있을 뿐이지 않은가. 두 곳을 지나다니면서 요양원 사람들과 골프를 치는 사람들이 서로 많이 다르다고 느꼈는데, 지금은 다 같다는 생각이 드는 것이다.

골프장에 바람이 불면 요양원에도 바람이 분다. 골프장에 새가 울면 요양원에도 새가 운다. 골프장에서 운동하는 사람들은 바람소리와 새소리 정도는 지나쳐 버리기 일쑤다. 그러나 침대에 누워서도 새소리와 바람소리, 사람소리를 듣고 살아 있음을 감사하게 생각하는 사람들이 있다. 골프장에서 운동하는 사람들에게 빵 하나를 주면 대수롭지 않게 생각하지만, 요양원에 있는 사람들에게 빵 하나를 주면 무지 행복해 한다. 그런 게 다르다.

요양원에 사는 사람들은 우리가 생각하는 하찮은 일에 행복을 느끼며 살아가고 있지 않은가.

| 4부 |

산이 움직인다

앉은뱅이책상

주말에 시동생 부부들이 우리 집에 모였다. 매년 봄이면 나무로 된 난간과 테라스와 수영장 바닥을 칠하는 공사를 위해 연례행사처럼 모인다. 시집을 오니 초등학생과 중고등학생, 대학생까지 남편의 남자 동생이 다섯 명이 있었다. 그들과 아무 허물없이 가족이 되기까지는 많은 시간과 책임이 필요했다.

오래전에 시댁에 갔을 때, 반지하에 있는 창고에 들어가 보았다. 어두침침한 지하에는 예전에 썼던 농기구부터 낡은 대소쿠리까지 지금은 쓰지 않는 자잘한 물건들이 어지러이 놓여 있었다. 하나하나 들여다보자니 먼지를 뒤집어쓴 앉은뱅이책상이 눈에 띄었다.

숯을 담아 썼던 손다리미와, 베를 짤 때 필요한 기구인 북과 바디와 앉은뱅이책상을 꺼내어 놓았다. 북과 바디는 목 조형물로도 손색이 없을 정도로 섬세하게 만들어졌다. 그것들을 대충 먼지를 털어내고 집으로 가지고 왔다. 어머님은 불에 태워도 아깝지 않을 책상은 왜 가져가는지 모르겠다는 눈치셨다.

책상은 잉크 얼룩과 칼자국과 때가 덕지덕지 묻어 있어 볼품이라곤 하나도 없었다. 얼룩은 여섯 형제의 추억이고 서랍의 못 자국은 여섯 형제의 비밀이 남긴 상처였다. 얼룩과 때를 걸레에 세재를 묻혀 깨끗이 닦아내었다. 못 자국을 상처에 약을 바르듯 휴지를 풀에 짓이겨 때웠다.

가루커피를 물에 개어 색깔을 내기 위해 책상에 골고루 여러 번 덧칠했다. 마지막으로 나무에 바르는 기름을 발라 은근한 광택도 냈다. 찌그러진 서랍의 손잡이도 어울리는 것으로 갈아달았다. 이제 제법 단아한 골동품처럼 보이기까지 했다. 이층 내 방 앞에 올려다 놓고 매일 보고 있다.

맏이인 남편이 초등학교에 입학하자 아버님은 목수에게 부탁한 앉은뱅이책상을 들고 오셨다 한다. 그 책상을 가져오면서 아버님은 무슨 생각을 하셨을까. 부모들은 맏자식이 초등학교에 입학하던 때를 가슴 벅찬 추억으로 기억하고 있지 않은가. 남편은 자기 인생에서 제일 기뻤던 일 세 가지를 꼽는다. 첫아이가 태어났을 때와 그 아이가 대학에 합격한 날과, 첫손주가 태어났던 날이라고 한다. 하나같이 맏자식인 아들에 대한 일들을 최고의 기쁜 날로 꼽으며 잊지 못하고 있었다.

아버님의 자식 사랑은 내색은 없으셔도 대단하셨다. 남편은 아버님께 어떤 일로 기쁨을 주었을까. 아버님은 어떤 일을 기쁜 일로 가슴 깊이 담고 계셨을까. 살아 계셨다면 여쭈어 보고 싶었다. 당신은 못 배웠지만 자식들은 공부를 많이 하기를 바라셨다. 더구나 맏자식에게는 마음속으로 온갖 정성을 들이지 않았겠는가.

남편은 어린 마음에 앉은뱅이책상이 너무나 커 보였던 모양이다. 그도 책상을 들인 날을 잊을 수 없는 추억이었다고 한다. 남편이 키가 커지자 아버님은 책상다리에 나무를 덧대어 의자에 앉아서 쓸 수 있게 해 주셨다. 맏이로서 누리는 특권이라 동생들은 책상에 앉아 공부하는 형을 부러워만 했다.

형이 외지로 나가서 상급학교를 다니고부터 다섯 동생이 대를 이어 썼던 책상이다. 책상의 임자가 바뀔 때마다 서랍의 자물쇠를 바꿔달았다. 그 시절엔 딱지와 구슬도 보물이 되었을 테니 못 자국은 수도 없이 많았다. 그런 생각을 하며 못 자국을 보니 저절로 웃음이 쏟아졌다.

우리 집을 칠하는 일이 사람을 사서 하면 둘이서 이틀은 해야 하는 일인데 형제들이 새벽에 와서 하루 만에 끝낼 수 있었다. 시골에 백수를 눈앞에 둔 어머님이 살아 계시는데 동생들은 요양 보호사가 오지 않는 주말이면 시골에 내려간다. 동서들은 어머님이 잡수실 찬과 필요한 물품을 준비한다. 그런 시동생과 동서들의 마음이 따듯하고 귀하다.

하루에도 몇 번씩 앉은뱅이책상을 만난다. 형제들이 자라면서 수도 없이 싸우고 화해하고 한 일을 책상은 모두 알고 있을 것 같았다. 시집온 후로 그 많은 형제들이 서로 얼굴을 붉히는 일을 본 적이 없었다. 형이 쓰던 것을 좋아하며 받아쓰는 마음은 그냥 생기는 게 아니지 않은가. 형제들의 우애를 고스란히 담고 있는 앉은뱅이책상을 버릴 수 없는 이유인 것이다.

산이 움직인다

≪응답하라 1988≫이라는 드라마가 인기를 끌었다. 여자 주인공이 청춘이던 1988년을 돌아보는 마지막 편을 보게 되었다. 그때 그는 제일 만나고 싶은 사람이 있다고 했다. 젊고 태산 같았던 부모님을 다시 보고 싶다며 쓸쓸한 표정을 지었다.

지난겨울에 아들네와 딸네 식구와 우리 부부가 제주도로 여행을 갔다. 넓은 리조트를 숙소로 정하고 아이들과 둘러앉아 간만에 여유롭게 이야기를 나누었다. 그 자리에서 아들은 그렇게 크게 느껴졌던 아버지가 어느 날 갑자기 작게 보이더라고 했다. 그는 10여 년 넘게 미국에서 공부하느라 우리와 떨어져 살았다.

공부하러 떠날 때는 혼자였는데 돌아올 때는 세 식구가 되어서 왔다. 아들은 미국에서 공부하고 사회적인 지위를 가지고 왔지만, 그동안 남편은 직장생활을 접고 다른 일을 시작하게 되었다. 새로운 일을 시작하고 적응하느라 무척 어려운 세월을 보냈다. 중고등학교에 다닐 때에 아들은 아버지가 잘못된 일을 하셔도 권위 앞에 말할 엄두도 못 냈다고 했다. 몇 년 전 미국에서 돌아와 보니 아버지가 한없이 작아 보였다며, 그때의 마음을 드러내며 서글픈 표정을 지었다.

친정아버지는 어린 우리에게 말 그대로 태산이었다. 주위의 어느 아버지보다 자랑스럽고 높은 산이었다. 아버지는 사범학교 교사셨고 나는 부속초등학교에 다녔다. 교정이 같아서 아버지와 학교에 같이 가면 아버지만큼 키가 큰 학생들이 인사를 하고 지나갔다. 나는 수업이 끝나면 사범학교 교무실로 가서 아버지가 앉아 계시는 옆 창문을 두드렸다. 아버지는 창문을 열고 나에게 용돈을 주셨다. 그때 나는 아버지가 얼마나 자랑스러웠고 고마웠던지 지금 생각해도 행복한 미소가 지어진다.

내가 고등학생이 되자 아버지는 대학교수로 재직하면서 하던 사업이 무너지기 시작했다. 무너지는 데는 많은 시간이 들지 않았다. 더 이상 당분간은 기댈 수조차 없었다. 내 길은 내가 알아서 가야 했고 동생들도 자기의 길을 개척하며 힘들게 가야 했다. 그래도 우리에게 아버지는 유일한 산이었고 기댈 언덕이었다.

결혼을 하니 아버님은 함부로 올라가지 못하는 높은 산이었다. 아버님 앞에서 자식들은 얼굴도 바로 들지 못했다. 집을 떠나 도시에서 공부하는 자식이 넷이나 되었는데, 학비며 생활비를 꼬박꼬박 보내주셨다. 큰 힘을 가진 큰 산이었다. 도시에서 형제들은 아버님의 보살핌에 별 어려움 없이 지내고 있었다. 그 높던 산도 칠남매가 결혼을 하고 분가하면서 재산을 떼어주느라 작아져 갔다. 도무지 작아질 것 같지 않던 아버님의 산도 연세와 반비례로 내려앉기 시작했다. 자식들은 시나브로 작아지는 아버님의 산을 느끼지 못한 것은 아닌지 모른다. 어느 날 아버님은 당신의 산이 없어지는 안타까운 마음을 눈빛으로 나타내셨다. "아버님, 우리는 아버님이 남긴 땅을 팔지 않을 거예요." 그 말에 아버님은 금방 환하게 웃으셨다.

아버님은 돌아가시고 어머님만 남으셨다. 장례를 치르고 여러 형제들이 식솔들을 데리고 한꺼번에 서울로 올라가고 나만 어머님 곁에 남았다. 하루는 그동안 밀린 빨래를 우물물을 퍼 올려 했고, 하루는 감을 깎아서 곶감을 만들기 위해 매달아 놓았다. 손이 부르틀 때까지 감을 깎으며 어머님과 이야기를 나누었다.

어머님에게 아버님은 넘지 못할 산이었다. 아버님과 일꾼들의 식사와 농사일을 거드느라 그 흔한 나들이는커녕 마을도 마음대로 다니지 못하셨다. 어머님은 앞으로는 당신 가고 싶은 데 가고, 마을 친구들과도 잘 어울려 지낼 것이라며 내 걱정은 하지 말라 하셨다. 정말 어머님의 말씀대로 혼자 지내시는 데 불편이 없어 보였다. 그게 20년 전의 이야기다.

이제 어머님께 산은 자식이 되었다. 자식은 그저 동산일 뿐이었다. 작은 일도 자식에게 의논하고 언제 오느냐고 재촉하신다. 언제나 동산에 올라 함께 놀 수 있었으면 하는 바람을 갖고 계시는 듯하다.

아이들이 어릴 때 동화책을 자주 읽어 주었다. 나쁜 마법사가 마법을 부려 산을 마음대로 움직이는 이야기를 읽은 적이 있다. 나도 아이들도 산이 움직이는 걸 보고 얼마나 놀라워하고 마법사를 두려워했던가.

세월은 마법을 부리지 않아도 산을 움직이게 했다.

죽고 또 죽어

우리 집 주차장과 붙어 있는 밭에 배추와 무가 잘 자라고 있었다. 어느 날 옆집의 며느리와 친척이 모이더니 배추와 무를 뽑아 김장을 준비했다. 내가 배추를 사서 김치를 담글 때는 몰랐는데, 밭에서 배추를 뽑는 것을 보자니 안타까운 마음이 들었다.

배추가 땅에 뿌리를 내리고 있을 때는 살아있었는데, 뽑아서 칼로 뿌리를 제거하고 반으로 자르는 것을 보니 단칼에 배추를 능지처참해 죽이는 꼴이었다. 그 뿐인가. 반으로 자른 속살에 소금을 뒤집어쓰고 커다란 다라이에 누워 하늘을 쳐다보고 있지 않는가. 땅에서 뽑혔을 때도 칼로 몸을 잘라도 배추는 싱싱한 모습으로 버텼는데, 소금에는 어쩔 수 없는지 점점 풀이 죽어갔다. 눈 깜짝할 사이에 배추의 신세가 180도로 변해 버렸다.

그 다음 날, 밤새 소금에 절어진 배추에다 고춧가루와 젓갈로 버무린 양념을 배춧잎 켜켜로 집어넣었다. 이젠 밭에서 싱싱하던 배추의 모습은 보이지 않았다. 김치가 되기 위해 배추는 몇 번이나 죽어야 되는 걸까. 그것도 모자라 다 된 김치는 사각통에 들어가 24시간 돌아가는 전기의 고문을 이겨내야 한다. 그곳에서 인고의 시간이 지나야 발효의 과정이 끝나고 배추가 김치로 거듭나지 않는가.

얼마 전에 고등학교 1학년 때부터 친하게 지냈던 몇 명의 친구들을 만났다. 그들은 대구와 진주, 안동과 서울 등지에서 살고 있어 일 년에 한두 번 정도 만나고 있다.

친구들은 교직생활을 하며 아이들 키우고 하루도 종종걸음을 하지 않는 날이 없을 정도로 바쁘게 살았다. 다들 마음 씀씀이가 착해 시부모 거두는 일도 소홀히 하지 않았다. 자식들도 성실한 부모를 닮아 모두 잘 커 주었다. 친구들은 퇴직을 하면 자식들도 출가했으니 두둑한 연금으로 편안하게 나만을 위한 생활을 꿈꾸지 않았던가. 그러나 그들은 며느리와 딸을 위해 손주들을 돌보느라 꼼짝을 못하고 있었다.

한 친구는 서울에서 세종시까지 일주일에 두 번 사돈과 번갈아 오가며 손주를 돌봐주었다. 한 친구는 아주 먼 거리에 있는 아들네 집에서 주중에 손주들을 봐주고 주말이면 남편이 있는 자기 집으로 가는 생활을 하고 있었다. 또 다른 친구는 결혼을 한 지 10여 년이 넘은 딸네 식구와 아직까지 함께 살며 손녀들을 키운다. 손주를 키우지 않는 친구들도 자식들이 원하면 키워줄 생각을 하는 것 같았다.

귀여운 손주들을 키우며 자식을 도울 수 있어 기쁜 마음도 크겠지만 나이가 있으니 힘 드는 것은 어쩔 도리가 없다. 아직도 자식 일에 얽매여 살아야 하는 쓸쓸하고 허무한 삶을 감추지 못하는 친구들의 힘든 모습을 엿볼 수 있다. 그런 모습을 보자니 여자들은 얼마나 더 가정과 자식을 위해 나를 죽여야하는 것일까 하는 생각이 들었다.

며칠 전에 서울에 가기 위해 버스를 탔다. 어떤 할머니의 옆 좌석이 비어 있었다. 할머니는 내가 앉자마자 "김장은 했수" 하더니 당신 이야기를 하셨다. 배추김치와 총각김치 몇 상자를 택배로 부치고 서울 가는 중이라고 했다. 미처 못 부친 것은 배낭에 넣어 간다며, 무거워 들기도 힘든 것을 메고 갈 모양이었다. 달리는 버스에서 계속 김치를 보냈다는 전화를 했다.

연세가 많아 보이는데 왜 그렇게 힘든 일을 혼자서 하느냐고 했더니

"내가 며칠 죽었다 생각하고 일을 하면 자식들이 맛있게 먹을 수 있어 좋아." 하신다. 할머니의 표현이 재미있었다. 죽었다 생각할 만큼 힘들지만 보람은 있는 듯 표정이 밝았다.

자식들과 같이 김장하시지, 힘들게 혼자 하느냐는 내 말에

"걔들은 맨날 바쁘대."

그날 터미널에는 할머니를 마중 나온 자식은 한 명도 없었다. 할머니는 뒤뚱거리는 걸음으로 그 무거운 것을 지고 들고 지하철을 타러 가셨다. 할머니의 연세는 80이 넘었다 한다. 80이 되도록 해마다 죽었다 살아나는 할머니를 보면서 착잡한 심정이 되었다.

어미들은 아무리 힘이 들어도 자식 일이라면 몸을 아끼지 않는다. 배추는 죽고 또 죽어 맛있는 김치가 되지만 어머니의 희생은 눈에 보이지 않는다. 매년 죽었다 살아나는 제 어미의 착잡한 심정을 자식들은 얼마나 알고 있을까.

세월은 흐른다

미국에 있는 아들아이가 북경에서 만나자는 제의를 했다. 박사 논문이 통과되어 시간을 내는 모양이었다. 북경에는 몇 달 전에 결혼을 한 딸 내외가 살고 있어, 그 곳에서 만나기를 원하는 것 같았다. 딸과 사위는 평소 스케줄대로 움직였고 아들과 나는 그날 그날 여행 갈 곳을 정해 움직였다.

아들은 미국의 같은 대학교에 다니는 여학생을 사귀고 있다고 했다. 박사후 과정을 위해 학교를 옮겨야 하는데, 그 전에 결혼을 했으면 좋겠단다. 그 얘기를 듣게 되자 기쁘기도 하고 한편으로는 이제 아들이 우리 곁을 떠나는 것 같아 서운한 마음도 들었다.

이튿날 중국어를 한 마디도 못하면서 아들과 둘이서 관광에 나섰다. 급한 말은 중국어로 해야 되니 수첩에 메모를 했다. 길에서 화장실을 찾게 되거나 버스나 택시를 이용할 때 행선지 같은 말은 중국어로 적어서 미리 연습을 하고 집을 나섰다. 중국어를 하는 딸아이와 함께 다니는 날은 마음이 그렇게 편할 수가 없었다.

아들은 다니는 학교에서 매년 하는 행사로 단편영화 시나리오를 응모했는데 당선이 되었단다. 그래서 영화를 찍을 제작비가 나와서 북경에서 소품을 사 가고 싶어 했다. 우리는 골동품 시장으로 갔다. 시나리오 내용이 동양과 서양을 넘나드는 환타지 영화라며 용같이 생긴 동물 모형과, 커다란 유리구슬을 구하러 온 시장을 헤매고 다녔다.

지난해는 사진 공모에 응모해 아들이 찍은 사진이 대학에서 낸 책에 실렸다고 하더니 이번에는 시나리오까지 쓰면서 공부는 언제 하는지 모르겠다. 평소에 워낙 특이한 소재의 영화 보기를 즐기더니 이제는 이상한 영화를 직접 만들기까지 한다니, 정신상태가 정상이 아니라며 딸아이와 나는 아들을 놀려댔다. 몇 달 후면 아들은 결혼할 것 같다. 그러면 취미 생활도 자제해야 하니 마지막이라 생각하고 열심히 해 보라고 했다. 아들과 단둘의 여행을 즐겼다.

후통 거리를 돌아다녔다. 아들은 미국 선생님께 드린다며 도장을 영어로 팠다. 선생님이 동양적인 것을 좋아한다며 선생님의 이름이 새겨진 도장을 찍어 보며 좋아했다. 나는 예쁜 장식이 사각에 박힌 철재로 된 새장을 샀다. 쌀쌀한 날씨였지만 추운 줄도 모르고 돌아다녔다.

관광을 하며 틈틈이 아들이 사귀는 여학생 이야기를 물었다. 궁금한 게 한두 개가 아닌데 아들은 그냥 괜찮은 애라는 말로 대신했다. 그 아이는 너만이 사랑하는 사람이 아니라 우리에게도 아끼고 사랑해야 하는 사람이란 것을 아들은 알고 있을까. 세상의 아들들은 자기가 결혼하는 사람이 한 가족의 구성원으로 부모에게도 얼마나 중요하고 소중한 사람인지 알기나 하는지 모르겠다.

오후 늦게 지하철역에서 딸과 사위를 만나기로 했다. 우리는 일찍 도착해 큰 소리로 얘기하며 지나가는 현지 사람들을 구경하느라, 그 애들을 기다리는 시간이 지루한 줄 몰랐다. 사위는 시내에서 유명한 음식점으로 우리를 데려 갔다. 커다란 식당에 사람들이 무척 많았다. 요리가 나왔는데 중국음식 특유의 향 때문에 아들과 나는 잘 먹지 못했다. 아까 점심은 허름한 식당에서 순두부찌개처럼 생긴 것을 말 한마디 안 하고, 손가락으로 시켜 먹었는데 음식 맛이 괜찮았다. 우리는 고급 체질이 아닌 것 같다며 쳐다보며 웃었다.

딸과 사위는 친구이기도 하며, 연인이기도 하고 모든 일을 의논하는 동료이기도 했다. 서로 다정하게 지내는 모습을 보며 그동안 혹시 성격이라도 맞지 않으면 어떡하나 하고 멀리서 걱정을 많이 했었다. 이제는 그런 걱정은 하지 않아도 될 것 같았다. 행복하게 지내는 모습을 보는 것으로도 나는 즐거웠다.

그다음으로 마사지하는 데로 데리고 갔다. 우리는 발 마사지만 받겠다고 했는데, 들어가 보니 전신 마사지를 준비시켜 놓고 둘이는 나가 버렸다. 말이 통하지 않으니 시키는 대로 할 수밖에 없었다. 가운으로 갈아입고 침대에 누워 있으니 아들한테는 젊은 아가씨가, 나에게는 젊은 남자가 다가와 마사지를 시작했다. 나는 해 본 경험이 있어 괜찮은데 아들은 처음 해 보는 참이라 아가씨가 제 몸을 주무르니 어색해 웃음을 참지 못했다. 아들이 킥킥거리며 웃는 모습에 나도 따라 웃었다. 마사지를 하는 사람들도 그러는 우리가 우스운지 계속 웃으며 했다. 자식들과 함께한 북경 여행은 잊지 못할 것 같다.

오래전에 아들과 북경 여행에서 돌아와 써 놓은 글을 다시 정리했다. 그 여행이 아들이 결혼하기 전에 함께 했던 마지막 여행이 되었다. 이제 그때 산 뱀 모형은 손자가 가지고 놀고, 북경에 사는 딸네는 남매를 낳아 잘 기르고 있다.

나는 요즘 엄마라는 말보다 포천 할머니로 통하니 세월은 느린 듯 빨리 지나간다. 이렇듯 사람들은 살아가면서 삶의 궤적을 쌓아간다. 나는 추억을 먹고 사는 나이가 되었고, 아들과 딸은 자식들 키우며 추억을 꺼내볼 시간도 없이 바쁘게 살아가고 있다.

세월이 흘러 그들이 내 나이쯤 되면 제 자식과 함께하는 시간들이 늘 귀하고 아쉽다는 것을 알게 될 것이다.

세월은 흐른다. 과거를 밟고 앞으로 성큼성큼 쉼 없이 흘러가고 있다.

무기 없는 전쟁

외손자(동비)는 영국에 있다. 그애가 친구 집에서 찍은 사진을 보내왔다. 초등학교 6학년인 아이는 2년 전에 영국의 기숙학교로 유학을 갔다. 동비는 외국에서 태어나 어린 시절을 보냈고, 아이가 원해서 외국에서 학교에 다니고 있다. 아들과 딸의 식구는 타국생활을 오래 했다. 요즘은 일 때문이기도 하지만 외국에 나가는 걸 쉽게 생각하며 드나들었다. 사람들은 그동안 내남없이 세계 곳곳을 여행하길 즐겼다. 경제도 우리나라와 세계 여러 나라가 이어져 움직이고 있었다. 말 그대로 글로벌한 세상을 살고있는 중이다.

중국 우한에서 발생한 코로나19는 전 세계를 휩쓸고 있다. 사태는 시간이 갈수록 심각해졌다. 바이러스도 글로벌하게 번져 나갔다. 동비가 다니는 영국 학교가 갑자기 휴교령을 내렸다. 그런데 한국으로 오는 비행기표를 구할 수가 없었다. 이제 동비는 어떡하지? 불안한 생각에 밤잠을 설쳤는데, 다음 날 딸이 희망적인 소식을 전해왔다. 동비가 영국 친구네 집에서 당분간 지내기로 했다는 것이다.

사위와 딸은 몇 차례 동비의 영국 친구 부모와 통화를 하며 대화를 나누었다. 친구네 가족들이 진심으로 동비를 맡아 주고 싶어 했고 동비도 원했다 한다. 마음 놓고 있을 때가 있어 천만다행이었다. 이제 한국으로 오는 비행기표를 구하는 게 급선무였다.

코로나19는 사람 사는 세상을 뒤흔들었다. 대기업 해외 공장이 문을 닫는 사태가 일어났다. 애써 쌓아 올린 경제지표도 10년 전으로 돌아갈 것 같다는 소식도 들려왔다. 사회적 거리 두기를 위해 모든 학교가 휴교를 했다. 사람들은 일상생활이 바뀌면서 지루하고 힘든 시간을 보내고 있다. 우리 같은 노인이 걸리면 치명적이라니 더더구나 생활에 제약을 받았다.

대지가 꿈틀대고 나무가 움직이기 시작하는 봄이다. 여느 해 같으면 봄꽃이 피는 걸 당연하게 받아들이고 즐기면 그만이었다. 올봄에는 당연한 일들이 사라졌다. 꽃은 속절없이 피고 질 것이다. 우리 집 정원에도 산수유가 피기 시작했고, 산당화의 꽃망울이 한껏 부풀어 있다. 그런 모습을 보고도 별다른 느낌이 생기지 않았다. "꽃이 피려는 가보다." 나도 모르게 중얼거리고만 있었다.

3월 중순을 넘기면서 딸아이가 4월 초에 출발하는 비행기 표를 살 수 있었다. 동비에게 비행기가 출발하는 날짜를 알렸다. 의외로 반가워하는 눈치가 아니었다지 않은가. 친구 집에 있다가 학교가 오픈하면 바로 학교로 가겠다는 생각을 하고 있었던 모양이다.

딸아이는 전염병의 심각성과, 여름 방학 전에 학교가 문을 열지 못할 수도 있다며 설득을 하느라 애썼다.

이제 아이를 안전하게 영국을 벗어나게 해야 했다. 영국은 마스크를 쓰는 정서가 아니어서 쉽게 구할 수가 없었다. 딸은 동비 친구네 식구까지 쓸 수 있게 마스크를 여유 있게 준비했다. 마스크를 꾸려 우체국에 갔더니, 해외에는 한 장도 보낼 수 없다는 것이다. 영국에 선물을 보내고 싶어도 국제택배가 한 달 이상 걸린다니 다음에 보낼 수밖에 없었다. 동비가 쓸 마스크는 친구 부모가 어려워도 구해 보겠다고 했다.

코로나19는 나라들이 빗장을 걸었다. 국가마다 외국인의 입국을 통제하며 자기 국민 챙기기에 분주했다. 인종 차별도 두드러졌다. 우한에 남아 있는 우리나라 사람들을 실어 오기 위해 전세기를 보냈다. 유럽과 미국으로도 보낼 것을 검토 중이라 했다. 이번 기회에 나라의 중요성을 잘 모르는 손주들이, 내 나라가 얼마나 중요한지 알았으면 하는 마음이 간절하다.

외손자가 친구네는 사재기를 하지 않았다고 전해왔다. 휴지도 몇 개밖에 없고, 식료품 구하기도 힘들다고 했다. 우리나라는 이번 일로 사재기 하는 사람은 없었다. 바이러스가 창궐할 때도 북쪽에서는 하루가 멀다 하고 미사일을 쏘아댔다. 위험에 대처하는 능력에 면역력이 강해서일까. 젊은 사람들은 아침에 일어나면 현관 앞에 그 날 먹을 식재료나 완성품이 배달되어 있다. 굳이 마트에 가서 살 필요도 못 느끼는 경지까지 도달한 나라가 우리의 현실이지 않은가. 어려운 일을 당하고 보니 시나브로 국민성도 모든 시스템도 선진화가 된 게 틀림없었다.

≪월드 워즈≫라는 미국영화가 있다. 좀비를 바이러스로 설정해 균을 퍼뜨리는 영화였다. 바이러스에 전염된 사람이 다른 사람을 물면 좀비로 변했다. 그 시간은 12초밖에 안 걸렸다. 전염병은 삽시간에 퍼져 온 거리에 좀비가 우글거렸다. 물려는 좀비와 도망가는 사람들로 아비규환의 지옥이 따로 없었다. 우여곡절 끝에 백신이 발견되고 폐허가 된 도시를 바라보며 주인공이 한 말이 잊히지 않았다. “끝난 게 아니다. 이제 시작일 뿐이다.” 앞으로 인간이 새로운 바이러스와의 싸움을 예시했다.

영화의 예고처럼 무기 없는 전쟁은 이제 시작일까. 몇 년 전에 빌 게이츠는 “세계는 전쟁을 준비하듯 진지한 방식으로 전염병, 팬데믹에 대비해야 한다.”고 했다. 군사적인 무기에 집중하는 세계에, 생물학적 위협에 대해서는 그런 긴박함이 부족하다고 덧붙었다. 불과 몇 년 전의 그의 예언이 현실이 되어 돌아왔다. 전 세계 사람들이 다 함께 힘을 합쳐도 그 적을 이기기에는 너무 많은 시간과 희생이 따르지 않은가. 사람의 적은 사람이 아니라, 사람을 상대로 공격해 오는 바이러스가 아닌가. 나라의 경계도 없이 이념의 벽도 없이 넘나들며 사람을 공격해 오는 바이러스.

우리 모두 눈앞에 벌어진 어이없는 상황에 몹시 허탈해하고 있다. 외손자가 아무 일 없이 한국에 도착하기를 그냥 기다릴 수밖에 없는 현실이 안타깝다.

보호자는 없습니까

수술실 앞에 대기하고 있었다. 간호사가 나오더니 들어오라며 "보호자는 없습니까?" 한다. 나는 "네" 하고 수술실로 들어갔다. 의사가 시키는 대로 침대에 엎드렸다. 마취주사가 아플 거라며 소독된 솜을 허리부터 넓게 펴 발랐다. 금방 발과 다리가 더워지는 느낌이 들었다. 수면제도 함께 투여한다고 했다. 몇 분이 지났는지 내 몸을 나무등걸을 굴리듯 해서, 이동 침대에서 병실 침대로 옮겼다. 아직 허리 아래는 감각을 느끼지 못했다.

수술이라고 해도 대수롭지 않은 것이었다. 다 아는 병인데다 매년 겨울이면 자그마한 혹을 제거해야지 마음먹었지만, 통증이 유난히 심하다는 말에 미루던 것이었다.

오전에 입원하고 수술은 오후 2시에 잡혀 있었다. 남편은 오전에 꼭 만나야 할 사람이 있어, 수술 시간 전까지 병원에 오기로 했다. 나는 차를 몰고 병원으로 먼저 갔다. 그런데 입원하자마자 간호사는 수술이 오전에 있으니 준비를 하라지 않은가. 할 수 없이 보호자 없이 수술실에 들어가게 된 것이다.

입원실에서 정신을 차리니 보호자인 남편이 곁에 있었다. 좀 있자니 그는 배가 몹시 고프다며 점심을 먹으러 병실을 나갔다. 혼자 누워 있는데 소변이 마려웠다. 링거에 꽂혀 있는 쪽지에 수술 후 4시간 동안은 절대로 움직이면 안 된다고 적혀 있었다. 보호자는 그 쪽지를 볼 시간도 없이 나간 것이다. 참기 어려운 상황이 되었다.

주변을 살피니 3인실 병실에 환자는 나 혼자 뿐이어서 간호사도 보이지 않고 밥 먹으러 간 보호자는 언제 올지 알 수 없는 노릇이었다. 할 수 없이 상체를 겨우 움직여 인터폰을 표시대로 눌렀다. 두 번 누르니 간호사가 들어오며, 인터폰을 눌렀으면 말을 해야지 누르기만 하면 어떡하느냐고 했다. 그러면서 "아직은 보호자가 있어야 하는데, 보호자는 없습니까?" 한다. 잠시 서러움이 밀려왔지만, 식사하러 갔다는 소리는 할 수가 없었다. 간호사의 도움으로 겨우 일을 해결할 수 있었다.

수술 후 4시간 정도 지나니 몸을 자유자재로 움직일 수 있었다. 이제 보호자는 없어도 되었다. 보호자는 일을 보고 저녁에 오겠다며 돌아갔다. 오후가 되어도 병실에는 다른 환자가 들어오지 않았다. 책을 보다가 창문으로 바깥 풍경을 내다보았다. 대형 옷매장이 병원 주차장 옆에 있어 오가는 사람들이 많았다. 스피커에서는 노래가 계속해서 흘러 나왔다. 시골에 살아서인지 오랜만에 보는 그런 분위기도 싫지 않았다. 저녁에 이불 한 채를 가지고 온 남편은 침대 하나를 차지했다. 남편과 나는 피곤한 하루여서 일찍 잠이 들었다.

밤 2시쯤 되자 화장실에 가고 싶어 잠이 깼다. 인기척을 내도 남편은 깊은 잠에 빠졌는지 잘 자고 있었다. 종일 굶고 저녁에 미음 조금 먹었으니 혼자 화장실 가기도 힘이 들었다. 겨우 링거대를 밀고 화장실을 다녀올 수 있었다. 이튿날 일어나 보니 남편의 침대 위에 귀에 쏙 들어가는 귀마개가 놓여 있지 않는가. 병원이 큰 도로 옆에 있어 소음이 들린다더니, 집에 가서 여행용 귀마개를 챙겨 온 것이었다. 귀마개를 하고 잤으니 밤에 환자가 아우성을 친들 알 수 있었을까.

그때 외국에 살고있는 아들한테서 남편의 휴대폰으로 전화가 왔다. 아들이 뭐라 하는지 남편은 한껏 밝은 목소리로 엄마와 둘이만 병실에 있으니 꼭 여행 온 것 같단다. 그랬구나, 여행 가는 기분으로 집에서 짐을 챙겨오며 귀마개도 가지고 온 것이었구나.

나는 그래도 수술이라 얼마 전부터 밥맛도 없었고 잠도 잘 오지 않았다. 시간만 나면 수술하는 장면이 떠올라 마음이 불안하기 짝이 없었다. 남편이라는 사람은 아내가 병원에 입원했는데도 그 아픔을 나누기는커녕 여행 온 기분이라니 나도 모르게 한숨이 새어 나왔다.

이럴 때 자식이라도 가까이 있으면 보호자가 될 수 있었을 텐데, 남매가 모두 외국에서 가정을 이루고 살고 있으니 아무 소용이 없었다. 몸은 자꾸 늙어 가는데, 보호자를 쳐다보자니 앞날이 답답하기만 했다.

손자들의 정체성 찾기

연수는 서울거리를 구경하며 “코리아 좋다”를 연발한다. 친손자인 연수는 미국에서 태어나 여덟 살이 되면서 한국에 왔다. 한국말보다 영어가 더 쉽고 한글은 익히지 못해 읽을 줄 모른다. 그런 아이가 우리나라 전통과 고유의 것을 무척 좋아하고 호기심이 많다. 미국에 있을 때부터 태권도에 관심을 가지더니 한국에 오자마자 배우고 있다.

가족끼리 춘천에 여행을 가서 시장구경을 했는데, 다른 것보다 한복을 사 달라고 했다지 않는가. 그 뒤 친척 결혼식에나 특별한 외출 때 연수는 한복을 입었다. 영주에 있는 한옥마을에 놀러가서도 6월 말의 더위에도 아랑곳없이 한복을 입고 다녔다.

연수는 미국에서 그곳 유치원을 4여 년을 다녀, 일 년에 한 번씩 한국에 오면 미국 아이와 다름이 없어 보였다. 그런데 지금 연수는 한국에 푹 빠져 있다. 그 아이가 존경하는 인물도 세종대왕과 이순신 장군이다. 우리에게 세종대왕 이야기와 이순신 장군 이야기를 재미나게 해 주었다.

연수는 커서 스님이 되고 싶다고 한다. 사찰을 구경하며 부처이야기를 들려주었더니, 부처에 대해 이것저것 물어보며 나름 심각한 얼굴로 큰 관심을 보였다. 부처님 앞에서 절을 어찌나 정성껏 하는지 모른다. 우리나라 문화와 정서를 접하고 배우려는 연수의 모습이 또래 아이들보다 천진난만했다.

동비는 연수보다 한 살 어린 외손자다. 북경에서 태어나서 그곳 유치원에 다니다가 한국에 왔다. 동비가 다섯 살 때 내가 물어보았다. "동비는 어느 나라 사람이야." "중국사람."이라고 아주 당연하게 말하는 게 아닌가. "그럼 동비 아빠와 엄마, 동비 할아버지와 할머니, 동비 외할아버지와 외할머니는 어느 나라 사람이게?" "한국사람." "그럼 동비도 한국 사람이잖니?" "여기가 중국인데?" 나는 동비를 옆에 앉혀 놓고 설득을 시켰더니 그제야 이해가 되는지 가만히 있었다.

그 뒤부터 동비는 한국 사람과 중국 사람을 다르게 보기 시작했다. 여섯 살이 되고부터는 유치원에 갔다 오면 중국 아이들이 싫다고 하며 심지어는 중국 유치원에 다니기 싫어했다. 중국이 싫은 이유를 몇 가지 지적하며 한국에 가고 싶다는 말을 자주 한다고 한다. 자기는 한국 사람인데 왜 중국에서 살아야 하느냐며 아이답지 않게 따지기까지 하는 것이었다.

동비는 연수보다는 한국에 올 기회가 많았다. 아이 눈으로 보이는 대로 중국과 한국을 비교하기 시작했다. 중국에는 할아버지와 할머니들이 유치원에 아이들을 데리러 오는 사람들이 많아서인지 유난히 할아버지와 할머니를 따랐다. 동비 부모는 아이 때문에 한국에 돌아오는 것을 심각하게 고려하지 않을 수 없었다. 그래서 몇 개월 전에 동비네 식구는 한국에 들어오게 되었다.

한국에 온 동비는 마냥 좋아서 입을 다물지 못했다. 유치원도 마음에 들고 친구도 마음에 든다고 했다. 우리가 가끔 전화를 해서 물어 보아도 한국에 와서 기분이 최고인 양 보였다.

손주들이 외국에서 나고 자랐지만 한국을 좋아하는 성향이 확연히 드러났다.

생김새와 문화가 다른 아이들과 어울려 살면서 그 애들 나름대로 알게 모르게 스트레스를 얼마나 많이 받았을까. 식물이 해를 따라 다니 듯, 이 아이들도 자연스럽게 조국을 좋아하는 것 같았다.

한국에서 태어나고 자란 아이들보다 더 한국적인 것을 좋아하고 한국을 더 많이 알려고 애를 쓰고 있는 모습이 대견스러웠다. 어리지만 두 아이는 한국 사람임을 자랑스러워하는 눈치가 분명하고, 나름대로 정체성 찾기에 열을 올리고 있었다. 그런 모습을 보는 어른들도 마냥 흐뭇하다.

손주들이 태어나서 처음으로 사촌끼리 지난 추석에 만났다. 외국에 있을 때는 한국에 들어오는 시기가 달라 서로 만날 기회가 없었다. 연수에겐 사촌동생 동비가 북경에 살고 있다고 이야기해 주었고, 동비에게는 사촌형이 미국에 살고 있다고 이야기하면 동화처럼 귀를 쫑긋 세우고 듣곤 했다.

연수와 동비는 처음 만났지만 오랜 친구처럼 다정하게 손을 꼭 잡고 붙어 다녔다. 연수는 엄마 아빠와 떨어져서 자본 적이 없었지만 그 날은 동비와 함께 할아버지와 한방에서 잤다.

우리 부부는 이런 날이 오기를 얼마나 기다렸던가. 손주들도 처음으로 사촌끼리 지낸 오늘을 잊지 못하리라.

우리는 친손자와 외손자가 함께 뛰어노는 모습을 애들이 태어나고 10여 년이 가까이 되어서야 볼 수 있었다. 앞으로는 방학이 되면 손주들과 우리 집에서 함께 보내는 시간을 많이 가질 생각이다.

잠시 후 우회전입니다

시골에서 산 지가 10여 년이 다 되었다. 그래서인지 요즘은 서울에 있는 지인의 집을 찾아가기도 겁이 난다. 우리가 오래 살았던 강남은 건물만 많이 들어섰지 길은 크게 변하지 않았다. 강북이나 변두리지역에 새로 생긴 신도시에 있는 집을 찾기는 여간 힘들지 않았다.

남편은 젊은 시절에 운전 하나는 잘 했고, 길 찾는 데는 탁월한 감이 있었다. 서울이든 시골이든 가 보지 않았던 중소도시의 길까지도 섭렵하고 있는 듯이 보였다. 그런 남편도 나이가 들고 한적한 시골에서 살다 보니 자꾸 복잡해지는 서울 길을 어려워한다. 예전에 가 보았던 서울 친척집들도 한 번에 찾지 못하고 헤매기 일쑤였다. 할 수 없이 네비게이션을 구입하기에 이르렀다.

네비게이션이 영 마음에 들지 않았다. 거기에서 나오는 여자의 말을 따라가자니 꼭 바보가 된 기분이 들었다. 바보가 된 적도 빈번히 있었다. 네비게이션에 입력되지 않아 새 길은 놔두고 구길을 따라가게 만들지 않나, 공사를 하느라 막아 놓은 길을 알지 못하니 그 앞까지 가서 돌아 나오기가 몇 번이던가.

남편이 네비게이션에 주소를 입력할 때부터 화가 난다. 미리 찍어서 가면 좋으련만 꼭 운전을 하면서 입력하는 버릇이 있었다. 정확한 주소가 아니면 입력되지 않으니 몇 번씩 화면이 바뀌면서 원하는 대로 다시 찍어야 한다. 그것 또한 컴퓨터에 손이 예민하게 움직이지 못하는 데다 달리는 차 속이라 정확하게 써지지가 않았다. 네비게이션을 따라가도 제대로 이해하지 못해 300미터에서 우회전하라는 것을 100미터에서 하지 않나 불편하기 짝이 없었다.

어제만 해도 그랬다. 언니네가 아파트를 분양 받아 이사를 갔다. 이사 간 언니네 집은 설명만으로도 쉽게 찾을 수 있는 곳이었다. 그런데 운전을 하면서 네비게이션에 입력하느라 애를 먹었고, 뻔히 아는 길을 아무 감정 없는 여자의 말을 믿고 따라 가자니 시끄럽기만 했다. 차라리 끄고 음악이나 들으며 가자니 남편은 아예 길을 모른다고 딱 잡아떼는 게 아닌가. 그런 남편에게 술을 자주 마셔 머리가 둔해졌다느니, 책을 읽지 않아 머리가 빨리 퇴화되었다느니 하며 잔소리를 했다.

진접을 지나니 외곽순환도로를 타라는 멘트가 계속해서 나왔다. 남편은 네비게이션의 말을 무시하고 그 길은 막힌다고 왼쪽 길로 들어섰다. '그렇게 잘 아는 사람이 왜 네비게이션을 작동시켰을까.' 화가 풀리지 않아 중얼거렸다. 네비게이션은 시키는 대로 가지 않자 금방 다른 길로 안내하는 게 아닌가. 빠르게 대응하는 것을 보니 무척 영리하긴 했다.

변두리 지역이라 발전하는 모습이 눈에 보였다. 몇 달 만에 다시 오니 좁은 길은 사라지고 넓은 도로가 새로 났다. 그 옆으로는 지하철 공사가 끝나가고 있었다. 새로 난 넓은 길로 가다가 우회전하면 우리가 찾아가는 아파트 단지가 나올 것 같았다. 그런데 네비게이션은 새 길로 직진하라는 게 아니고 우회전하라는 것이었다.

나는 네비게이션을 무시하고 넓은 길로 직진하자고 했더니 내 말에 청개구리 기질이 있는 남편이지 않은가. 그는 네비게이션이 시키는 대로 우회전을 했다. 좁은 길로 들어가니 길은 심하게 울퉁불퉁 해 불편하기 짝이 없었다. 한참 뒤, 그 길은 넓은 새 길과 만나게 되어 있었다.

바르고 좋은 길을 놔두고 돌아돌아 언니네 아파트에 도착했다. 이제는 네비게이션의 친절도 끝이 났다. 문제는 또 기다리고 있었다. 지하 주차장을 찾지 못해 아파트 주변을 몇 바퀴를 헤매다가 겨우 찾아 들어갔다.

오랜만에 친정 형제들과 재미있게 얘기도 하고 저녁을 먹고 헤어졌다.

지하 주차장에서 운 좋게도 우리 차는 쉽게 찾았는데 출구 찾기가 어려웠다. 우리가 서울에 살 때는 거의가 지상 주차장이었고 지하 주차장이 있어도 요즘처럼 어마어마하게 넓지 않았다. 겨우 출구를 찾아 나오니 동생네 부부가 걱정스런 표정으로 지하에서 무슨 일이 있었나 싶어 기다리고 있었다.

집으로 돌아 올 때는 아는 길이라 네비게이션을 켜지 않고도 쉽게 왔다. 우리는 이제 영락없는 시골 노인네가 아닌가. 그래도 네비게이션보다 우리의 기억을 믿고 싶은데.

앞으로는 아직은 낯설지만 네비게이션에 길들어질 날이 오리라 생각한다. 매일 업그레이드 된 네비게이션을 믿고 따라가기만 하면, 어디라도 갈 수 있으니 얼마나 좋은 세상인가.

낙엽

가을 산을 바라본다.

봄과 여름 동안 비슷한 색깔의 나무가 제각각 다른 색을 내뿜기 시작했다. 붉은색의 잎으로 변하는 나무와 노랑색을 품은 잎과 갈색 잎으로 변하는 나무가 있다. 시간이 지날수록 나뭇잎의 색은 짙어지고 산은 골이 깊어간다. 색색의 단풍이 물들어 산이 화려하다.

가을 산을 바라보며 길을 걸었다. 몸의 에너지는 소모되지만 정신의 에너지는 충만해지는 느낌이 들었다. 산 밑에서 내도록 푸르게만 자랐던 억새가 물기가 하나도 없는 모습으로 가벼운 바람에 몸을 가누지 못하고 있었다. 봄과 여름에는 여느 풀들과 어울려 드러나지 않았던 갈대가 아니던가. 가을이 되어 깃발을 흔들며 들판을 장악했지만 아무 힘이 없었다. 이제 곧 나의 모습을 보는 것 같아 흔들리는 갈대를 붙잡아 주고 싶었다. 흔들릴수록 메마른 소리는 더욱 강하게 들렸다. 저 소리는 누가 내 말 좀 들어달라는 아우성처럼 들려 마음이 편치 않았다. 아무도 들어주지 않는 소리는 허공을 헤매고 있었다.

낙엽이 되어 떨어지는 나뭇잎을 손으로 받았다. 바싹 마르고 뒤틀린 나뭇잎은 무게가 느껴지지 않았다. 아흔하고 중반인 어머님을 보는 듯했다. 어머님의 몸에는 물기가 없었다. 세수를 하고 금방 크림을 발라도 피부는 나무껍질처럼 습기를 받아들이지 못했다. 걸음을 걸으면 바스락거리는 소리가 들렸다. 가벼울 대로 가벼워진 어머님은 낙엽 같았다. 죽지 않고 사는 걸 걱정하시는 낙엽 같으신 우리 어머님.

나뭇잎에서 커피향이 났다. 시인 이효석은 낙엽을 태우면서 맡았던 커피향이, 나는 낙엽을 보기만 해도 맡을 수 있었다. 그 시절엔 무척 귀했을 커피가 요즘은 온 천지에서 커피를 끓이고 있다. 가을 산을 걸어도 어디선가 커피향이 풍겨 나왔다. 바싹 마른 나뭇잎을 손으로 비벼 끓여도 커피가 될 것 같은 생각이 들었다. 가을이면 유난히 커피 맛이 좋고 가까이 두고 싶어진다.

어느 해 단풍이 유난히 곱던 날 아버님은 눈을 감으셨다. 그해는 여느 해보다 단풍이 곱게 물들었다. 매스컴에서도 단풍구경 행렬을 연일 보도했다. 병원에 입원해 계셨던 아버님 생각에 주위의 단풍 따위는 눈에 들어오지 않았지만 길을 가다가 고개만 돌려도 가로수가 화려하게 변해 있었다. 길거리마다 온통 축제 같은 풍경을 자아냈다. 나는 그때 화려한 나무들을 아버님 가시는 길의 만장행렬 같다고 생각했다.

미국에서 해산해야 하는 며느리가 산달이 다가오자 마음이 많이 쓰였다. 예정일이 일주일은 남았는데 손자의 탄생을 알려왔다. 그 날도 단풍이 하루가 다르게 곱게 물들기 시작했다. 벅찬 가슴을 가을 산을 보며 가라앉혔다. 생일이 10월 중순이었다. 우리 집안의 어른이셨던 아버님의 기일과 손자의 생일이 같은 달에 며칠 차이가 나지 않았다. 아버님이 살아 계셨다면 장손이라고 얼마나 좋아하셨을까. 해마다 손자의 생일이 지나고 아버님 제사를 올릴 때면 세상의 이치를 생각하지 않을 수 없었다.

낙엽은 땅에 떨어져 나무의 거름이 된다. 나무가 일 년 동안 잎을 틔우고 꽃을 피우고 열매를 맺는다. 큰 대사를 치르느라 기진맥진해 있을 때, 나뭇잎은 나무를 위해 기꺼이 밑거름이 되어준다. 이 얼마나 아름다운 순환인가. 가을은 다음을 위해 내 한 몸 내어주는 그런 계절이다.

손자가 잘 자랄 수 있게 터를 닦아 놓으신 아버님의 정성을 내 어찌 잊을 수 있을까. 우리가 살아가는 것도 누군가를 위해 자연스럽게 낙엽이 되어 가는 과정은 아닌지.

옷을 정리하다

마음먹고 옷을 정리하기 시작했다. 옷장을 여니 그 안에 젊은 모습의 내가 곳곳에 걸려 있었다. 세월은 바람처럼 휙 지나 여기까지 와 버렸는데.

코로나19 시대는 많은 옷이 필요하지 않았다. 한 달에 몇 번씩 서울을 드나들었지만, 요즘은 외출을 쉽게 할 수가 없다. 한 계절이 지나도 옷은 그 자리를 지키고 있을 뿐이다. 옷은 입어야 제 역할을 다 한다. 일 년이 지나도 바깥바람 한 번 쐬지 못하고 있으니 주인인 내가 미안한 마음까지 들었다.

옷장의 옷은 지난 시절을 고스란히 담고 있었다. 큰아이가 유치원에 입학할 때 입었던 옷이 눈에 띈다. 체중의 변화가 크지 않아 아직까지 무척 아끼는 옷이다. 큰아이가 그만큼 클 때까지 집에서 애들과 살림에 치어 변변한 외출복 한 벌 없었다. 입학식이 다가오자 유명 메이커의 옷을 거금을 주고 샀다. 입학식 날 아이만 들떠 있는 게 아니고, 엄마인 나도 아이 마음과 같았다. 그 때부터 나는 이아들과 함께 커 갔던 것은 아닌지 모르겠다.

아이들이 학교에 다닐 때는 일 년에 한두 번 애들 담임 선생님과 면담이 있었다. 그 날은 옷장을 열어 놓고 이 옷 저 옷 많지 않은 옷 중에서 고르느라 애를 썼다. 눈에 띄는 옷보다는 수수해 보이는 옷으로 손이 갔다. 학부모로 학교 가는 일은, 길들어지는 것이 아닌지 늘 긴장되고 어색했던 기억으로 남아 있다.

갈색 코트가 옷장 깊숙이 걸려 있었다. 얼른 꺼내 살펴보았다. 예전엔 무엇보다 빛났던 이 옷이 지금의 내 모습처럼 후줄근하게 보였다. 30여 년 전에 백화점에서 산 디자인과 색상이 고급스럽게 보이는 그 시절엔 귀한 울코트였다. 몇 년 동안 이 옷 때문에 겨울이 기다려지기도 하지 않았던가. 그 코트만 걸치고 다니면 내가 멋진 사람이 된 것 같았으니 마음이 허할 때가 아니었을까.

옷을 신경 써서 입는 것은 남한테 잘 보이기보다 내 마음에 들어야 하기 때문이다. 입어서 부담 없고 자연스럽게 느껴지는 옷이 좋은 옷이라는 생각이다. 아무리 비싼 옷이라도 입어서 편치 않으면 옷장에서 세월만 보내게 된다.

옷을 찬찬히 둘러보니 옷마다 몫이 다 달랐다. 지인의 혼사에 입을 옷과 장례식에 입을 옷이 엄연히 다르다. 외출을 위해서도 때와 장소에 따라 옷을 골라 입어야 하니 최소한의 옷은 구비되어 있어야 했다.

옷은 사람의 성향을 보여주기에 옷으로 그 사람을 알 수 있을 것도 같다.유명 패션 잡지인 〈보그〉지에서 성공한 편집장인 체이

스는 "패션은 돈으로 살 수 있지만 스타일은 자기만이 갖고 있는 것"이라고 했다. 나만의 스타일은 추억과 자란 배경과 지금의 환경이 어우러진다. 또 체형과 성격, 취향과 감성이 스타일을 만드는 데 작용한다고 어느 책에서 읽은 적이 있다. 이 모든 것이 버무려져 나만의 스타일을 만드는 것이었다. 문학과 예술 세계도 남과 다른 나만의 스타일을 찾으려 노력을 아끼지 않는다.

오랜 시간 내 곁을 지킨 옷일수록 떠나보내기가 어려웠다. 옷은 내게 아무런 감정이 없는데 나는 그것들과 얽힌 사연이 있어 버리지 못하는 것이다. 유행을 좇아 입는 옷은 금방 싫증나 또 다른 옷을 기웃거리게 된다. 내 스타일의 옷은 오래 두고 입어도 애착이 갔다. 젊었을 때부터 두고두고 입었던 옷은 한 결 같이 내가 좋아하는 스타일이었다. 그래서 그 옷을 입었을 때 시간의 흐름을 잊고 기분이 좋았던 모양이다. 추억 속에 빠져드는 즐거움은 덤이었다.

코로나19는 내가 어디쯤에 와 있는지 확실히 알게 해 주었다. 매스컴에서 주위에서 내 나이를 거론하며 고령자, 노인이라는 말로 대신했다. 젊었을 때는 노인과 고령자란 말을 무심히 썼는데, 이 나이가 되니 듣기 좋은 소리는 아니었다. 노인은 여자와 엄마, 아내와 할머니를 한꺼번에 집어삼킨 공룡 같은 두려운 존재로 들린다.

코로나19 이전 세상과 이후 세상이 많이 다를 것이라는 이야기를 자주 듣는다. 확연히 다른 변화된 세상을 예고하는 4차 산업이 혁명이란 엄청난 단어로 오고 있다. 요즘의 변화는 예전의 변화와는 다르게 빠르게 뛰어가 우리가 따라 가기에는 한계를 느낀다. 미래가 일상이 되는 세상이 다가오면 노인들이 살기에는 더 힘들어지는 게 뻔한 일이다. 점점 단순한 것만 찾게 되고, 그렇게 살고 싶어지니 그렇게 살아가게 될 것 같다. 코로나19는 내가 노인이라는 실체를 정확히 인식시켜 주었다.

'그래, 지금이야말로 내 젊은 시절의 옷을 정리하기에 적절한 시기가 아닌가.'

그런데 무슨 심보인지 몇 시간째 옷을 버리려고 꺼내 놓았다가, 슬그머니 빼놓는 일을 반복하고 있지 않은가.

젊은 시절 입었던 옷을 버리지 못하는 게, 내 마음인지 옷인지 알 수가 없다.

봄꽃은 한창인데

창밖을 내다봐도 현관문을 열고 마당에 나와도 온통 봄꽃이 피어 천지가 화사하다. 올해는 봄꽃이 차례도 없이 한꺼번에 피었다. 목련과 진달래, 벚꽃이 다 같이 피어 어우러진 모습이 잔칫날 같다. 그런 모습을 보아도 마음은 착잡하기만 했다.

언니의 막내딸이 특이한 병에 걸려 뉴욕의 맨해튼에 있는 병원에서 투병 중이다. 지난해 12월에 전조증이 나타나더니 3월 초에 몸의 상태가 급격히 나빠져 한 달 내도록 중환자실에 있다. 갑자기 혀와 목의 근육이 굳어져 인공호흡기로 숨을 쉬고 음식도 기계를 통해 투입할 정도다. 혈액을 전부 바꾸기를 10차례나 했지만 별 차도가 보이지 않았다.

딱한 소식을 듣고도 우리는 가 볼 수도 없고, 가도 도움이 안 되는 일이었다. 4월 초가 되어 언니가 딸의 곁으로 갔다. 미국에 도착한 언니가 문자 메시지를 보내왔다. “가슴이 찢어지는 것 같아”

그 한 마디에 우리의 마음도 미어지는 것 같았다.

죽은 나무같이 보이던 가지에 벚꽃은 팝콘처럼 터져 달려 있다. 나무는 겨울 동안 조심스레 꽃봉오리를 키웠을 것이다. 봉오리를 조금 더 키우면 얼어 죽지나 않을까. 너무 작으면 다른 꽃보다 늦게 피지나 않을까. 얼마나 지극 정성으로 꽃을 피우려 노력했을까. 자식을 키우는 마음이 꽃을 피운 나무의 마음과 닮아있지 않은가. 그런 나무를 보면서 언니를 생각하고 질녀의 회복을 꿈꿔본다.

질녀는 미국으로 이민 간 집안으로 시집을 갔다. 딸 둘을 두고 올해에 큰아이를 학교에 보내며 단란하게 살고 있었다. 언니 내외에게나 형제들에게도 살뜰하게 대해 늘 자랑스러운 딸이었다. 같은 나라에 사는 자식들보다 더 자주 부모의 안부를 물었고, 매사에 똑 부러지게 일 처리를 하는 영리한 딸이다.

어제는 "이제 목에 호수를 끼울 자리도 없어." 하는 소식을 전해 왔다. 질녀의 몸 안의 세포가 자기 몸을 공격하는 일을 멈추지 않고 있는 모양이다. 세포가 돌연변이로 멀쩡한 자기 세포를 공격해서 생기는 자가면역질환을 앓고 있다. 자기 세포를 공격하는 것으로 추정되는 것들을 모두 제거해 보지만 부작용만 남기고 아직까지 좋은 결과를 얻지 못하고 있으니 애통한 일이다.

왜 갑자기 면역세포가 적인지 아군인지 구분 못 하고 멀쩡한 세포를 공격하는 것일까. 자가면역질환은 면역기능에 이상이 생겨 자기 몸의 면역세포가 장기나 조직을 공격하여 발생하는 병이란

다. 그 종류가 무려 80여 가지나 된다니 놀라지 않을 수 없다. 미친 사람은 봤어도 면역세포가 미치다니? 그 나쁜 행동을 어떻게 하면 멈추게 할까. 최고의 병원에서 최고의 의사들이 온 힘을 다해 애쓰고 있다. 의사들은 면역세포가 돌연변이를 하는데 대해 특별한 이유를 정확히 찾지 못했다. 그저 스트레스를 받지 않고 잘 먹고 여유로운 마음가짐으로 좋은 환경에서 살아야 한다니. 지금 시대를 살아가는 사람들에게는 쉬운 일이 아니지 않는가. 오히려 그 반대의 생활이 일반화되어 있는 게 현실이다.

질녀는 엄마를 만나 잠간 병이 호전되는가 싶었는데 다시 중환자실에 들어가게 되었다. 언니는 멀리서 소식만 들을 때는 딸을 가까이서 보기라도 하면 마음이 덜 아플 줄 알았다. 그런데 옆에 두고 보니 환자보다 더 큰 아픔을 겪는 중이다. 자식을 키우는 부모라면 그 애끓는 마음을 짐작하지 못하는 이는 없을 것이다.

올해는 벚꽃과 봄꽃이 여느 해보다 아름답게 피었다. 우리 집 앞의 가로수가 벚나무다. 예쁜 꽃들을 보고 있어도 애잔한 마음이 들고 가슴이 울컥한다. 벚꽃이 소슬바람에도 눈처럼 날리고 있다. 떨어지는 꽃을 보며 아무 생각 없이 "꽃이 떨어지네." 하며 중얼거렸다. 무심코 꽃이 떨어져 나간 꽃자리를 보게 되었다. 아, 꽃이 지는 이유를 이제야 알겠다. 거기에는 연둣빛 여린 잎이 돋아나고 있지 않은가. 그 꽃잎을 보고 있자니 눈물이 날 정도로 고맙고 귀하게 느껴졌다.

질녀의 병이 나락으로만 떨어지는 느낌이 들었는데, 새잎을 보자니 희망이 보이기 시작하고 꼭 나을 것 같았다. 그 마음으로 언니에게 곧 나을 것이라는 확신의 답을 보낼 수 있었다. 꽃부터 피는 나무는 꽃이 피고 지면 잎이 돋는다. 꽃이 떨어져야 열매도 열린다. 질녀는 이제 예쁘게 피었던 꽃이 한 차례 피고 떨어지는 아픔을 겪고 있을 뿐이었다. 새로 움트는 나뭇잎은 질녀의 병이 호전되리라는 확신과 희망의 메시지를 전하는 듯 했다. 세상 이치가 다 그렇지 않겠는가 하는 여유로운 생각도 하게 되었다.

흐드러지게 핀 봄꽃도 올해는 즐거운 마음으로 쳐다볼 수가 없다. 타국에서 병실을 지키는 언니와 투병하는 질녀의 모습이 떠올라 꽃을 보아도 눈시울이 진달래 꽃물이 들면서 뜨거워진다.

지금 밖에 봄꽃은 한창인데.

선주와 봄

매년 이른 봄이면 남쪽에 사시는 어머님은 홑잎나물을 보내주셨다. 아직 서울은 쌀쌀한데 여린 잎을 보니 봄을 만난 듯 무척 반가웠다. 잎을 삶아서 무쳐 먹었다. 연한 잎이 입속에서 살살 녹듯이 혀끝에 감겨들었다.

그 홑잎나물의 맛을 잊지 못해 시골에 살고부터 직접 따서 먹어보고 싶었다. 홑잎이 화살나무과의 잎으로 산에서 만나기까지 이태가 걸렸다. 적절한 시기에 잎을 따기란 쉽지 않았다.

뒷산 야트막한 언덕배기에 홑잎나무가 여러 그루 있었다. 좀 일찍 가면 잎이 참새 혓바닥만 하게 달렸고 며칠 있다가 가면 금방 잎이 세 져 있다. 잎이 조금만 커져도 삶으면 종이 씹는 것처럼 식감이 떨어져 먹질 못한다. 짧은 봄을 보고 있노라면 어릴 때 봄처럼 왔다가 가버린, 나의 최초의 친구인 주근깨투성이 선주가 생각난다.

선주는 우리 마을에서 유일한 내 친구였다. 마을에는 내 또래의 여자아이는 선주밖에 없었다. 우리 집과 선주네 집은 좀 떨어져 있었지만 자주 어울려 놀았다. 가난한 집안의 막내딸인 선주는 늘 언니와 오빠에게 야단을 맞았고 부모의 사랑도 제대로 받지 못하고 지냈다. 우리는 여느 애들처럼 사금파리를 주워 돌로 다듬어 그릇도 만들고 풀꽃과 열매로 음식도 만들었다. 소꿉놀이가 한창 재미있을 때, 처녀인 선주 언니는 멀리서 무서운 목소리로 선주를 불렀다. 우리는 화들짝 놀라 공들인 소꿉놀이는 허무하게 끝이 났다. 신발을 신을 새도 없이 들고 뛰어가던 선주의 작은 모습이 아직도 눈에 선하다.

어느 날 선주는 입학통지서를 내밀며 학교에 간다며 자랑을 했다. 집에 돌아와 어머니께 그 이야기를 하니, 나는 아직 어려서 내년에 통지서가 나온다고 하지 않는가. 선주와 같이 학교에 가고 싶다고 울며 떼를 썼지만 통하지 않았다. 어머니는 학교가 멀어서 내년에 가는 게 좋다고만 하셨다.

선주와 같이 학교에 가고 싶었다. 선주가 학교에 가고 나면 나 혼자 놀아야 하는데 생각만 해도 싫었다. 드디어 내일 선주는 언니와 함께 입학식에 간다고 했다. 나도 학교에 따라가겠다고 선주와 굳게 약속하고 집으로 돌아왔다. 식구들에게 아무 말도 하지 않고 있자니 가슴이 뛰었다. 쉽게 잠이 오지 않았다. 내일 입고 갈 옷으로 언니가 학예회 때 입었던 예쁜 한복이 생각났다. 입학식 날 한복을 차려입고 어머니가 부엌에서 설거지하는 틈을 타 선주네로 달려갔다. 선주도 다른 날과 다르게 좋은 옷을 입고 나를 기다리고 있었다. 그날은 무척 상냥해진 선주 언니는 친구와 나를 데리고 학교에 갔다.

십리 길을 걸어 학교에 오니 벌써 아이들은 줄을 서 있었고 부모들은 아이들 주위에서 서성이고 있었다. 나는 선주와 선주 언니만 졸졸 따라다녔다. 내 차례가 되니 선생님은 입학통지서를 달라고 했다. 입학통지서가 없는 것을 안 선생님은 면사무소에 가서 통지서를 떼어 오라고 하는 게 아닌가. 학교와 면사무소가 가까운 거리가 아니어서 어린애가 가기는 힘들다고 했지만, 나는 학교에 가고 싶어 면사무소에 혼자 뛰어갔다. 긴 치마 때문에 넘어지기도 여러 번 했지만 아픈 줄도 모르고 뛰었다. 입학통지서를 떼어 선생님께 드렸다.

입학식에 보호자 없이 온 학생은 나 혼자뿐인 것 같았다. 식구들 몰래 온 학교라 섭섭하다는 생각은 들지 않았고, 학교에 갈 수 있다는 기대에 오히려 마음이 들떠 있었다. 학교에만 들어갈 수 있다면 무슨 일이라도 했을 것 같았다. 그날처럼 흥분되어 많이 뛰어다닌 날은 아직까지 없는 듯하다.

다음날부터 매일 선주와 함께 학교에 다니게 되었다. 훗날 내 인생을 돌아보면 한 해 일찍 학교에 간 것이 크나큰 행운이었다. 아버지는 교직에 계시면서 사업을 했는데, 내가 고등학교 1학년 때 많은 빚을 지고 문을 닫게 되었다. 집도 팔고 가족도 헤어져 살아야 했다. 고등학교를 매우 어렵게 다닐 수밖에 없었다. 그 때부터 나는 한 해 늦게 초등학교에 입학했다면, 상급학교에 갈 수 있었을까 하는 의문을 자주하게 되었다.

초등학교 3학년까지 선주와 같은 학교에 다녔다. 4학년이 되면서 나는 시내에 있는 학교로 전학을 갔다. 그 뒤 가끔 시골에 가서 선주를 만나곤 했는데 친구는 점점 작아지는 느낌이 들 정도로 자라지 못했다. 나를 만나면 선주는 활짝 웃고 있었지만, 그 애 얼굴을 보고 있으면 애잔함이 묻어났다. 선주는 초등학교 6학년 쯤 봄에 하늘나라로 갔다. 나중에 안 일이지만 선주네 식구는 폐결핵을 앓고 있었고, 그 중 어린 선주가 병을 이기지 못하고 세상을 등졌다고 했다.

홑잎나물을 보면 왜 선주 생각이 나는 것일까. 봄도 금방 지나가는데 연약한 홑잎나물을 먹을 수 있는 시기는 너무도 짧다. 봄도 못다 살고 떠난 선주. 홑잎 나물만큼 살다간 선주가 봄이 되면 그립다.

선주를 따라 간 초등학교 입학식 광경이 봄철이면 아지랑이처럼 피어났다 사라진다. 그러면 허공에 대고 조용히 선주에게 이야기한다.

"선주야, 네가 준 입학이라는 선물은 평생 잊지 않고 있단다."

| 5부 |

세 개의 창

제주, 숲길을 걷다

잎은 천정이 되고 나무가 벽이 되는 숲속에 누워 있다. 숲속에 들어가 보니 숲은 나무의 집이었다. 세상에 이렇게 좋은 집이 또 있을까. 햇빛과 바람은 나무를 통과하지 못해 숲속은 안락했다. 이 쾌적하고 상쾌함은 어디서 오는 것일까.

학부모로 만난 여섯 명이 모임을 한 지 30년이 되었다. 나이가 10년 주기로 새로운 숫자로 넘어가는 친구가 있으면 그 해에 다같이 여행을 다녔다. 올해는 제주도로 가서 보름 정도 머물기로 했다. 제주도의 속살인 곶자왈과 숲길을 걸어 보기로 하고 떠났다.

첫날은 수국이 피는 시기라 그 꽃이 보고 싶었다. 다음 날은 바다를 끼고 걷는 올레 길을 걸었다. 3일째 되는 날은 미리 예약한 거문오름으로 갔다. 거문오름에는 고난과 비극의 제주 근대사의 흔적이 곳곳에 남아 있었다. 일제강점기와 제주 4.3사건의 아픔과 슬픔을 고스란히 품고 있는 거문오름. 숲은 장대하고 웅장했다. 나무들은 태곳적부터 이때까지 자연스럽게 자라며 얽히고설

킨 모습으로 곶자왈을 이루고 있었다. 나무 한 그루 한 그루를 큰 어른을 대하 듯 경외심을 갖고 숲길을 걸었다.

그날 밤에 피로가 몰려와 일찍 잠자리에 들었다. 몇 명은 몹시 피곤했는지 밤에 기침을 심하게 했고 가벼운 몸살 기운도 있었다. 내일은 집에서 쉬어야 될 것 같았다. 새벽에 눈을 뜨니 놀랍게도 우리의 몸은 날아갈 듯이 가뿐했다. 다시 숲길 걸을 준비를 서둘렀다.

뇌 과학자의 저서에 운동은 뇌에 우거진 숲을 만드는 것이고 교육과 지식은 그 숲을 걷는 것이라고 했다. 운동의 중요성을 말하고 있었다. 걷는다는 것은 운동을 하며 생각을 하는 인간만이 할 수 있는 평범하고도 특별한 일이다.

비가 내리는 날도 쉬지 않았다. 비 오는 날 사려니 숲으로 가니 매표소 직원이 우리 나이를 보더니 쉽게 갈 수 있는 붉은오름으로 안내했다. 운무에 휩싸인 숲속의 운치는 다시 만날 수 없을 풍경이었다. 이 숲에선 사람도 나무와 같은 존재였다. 가랑비는 내리지만 나뭇잎을 거쳐 이따금 물방울이 되어 떨어졌다. 조금은 음산했지만 신비한 분위기 속에서 기분 좋게 걸었다.

곶자왈과 숲길은 잘 알려지지 않은 곳을 찾아 호젓하게 우리만 걸을 수 있었다. 머체왓 숲으로 가는 길은 꽃이 핀 들판이 펼쳐졌다. 한참을 걸어가다가 작은 건천 너머에 숲이 우거져 있는 모습을 대하니 가슴이 먹먹했다. 이런 증상은 나도 모르게 숲을 너무 사랑하기 때문은 아닐까 생각한다.

흐린 날씨 탓에 어둑하게 보이는 숲은 키가 크지 않고 살이 오른 나무들이 빽빽하게 들어차 있었다. 숲길을 걷자니 사람이 아무도 없어 무서운 생각이 들었다. 돌아갈까 서성이는데 60대로 보이는 남자가 나타났다. 아랫동네에 산다는 그는 매일 이 길을 걷는다며 안내를 자청해 우리는 그를 따라가기로 했다.

위로 올라가니 아름드리 편백나무 숲이 이어졌다. 나무 아래에 있는 편백나무 평상에 앉아 쉬기도 했다. 머체왓 숲길에는 큰 계곡이 있었다. 제주도의 숲은 곶자왈로 이루어져 있어 물이 흐르는 계곡을 만나기가 쉽지 않은데, 바위도 많고 물도 많이 흐르는 계곡을 끼고 숲길을 걸었다.

서귀포 치유의 숲은 맨발로 걷으며 편백나무 조각을 깔아 놓은 곳에서 몸의 긴장도 풀었다. 숲속에 누울 수 있는 긴 의자도 있어 누워 보기도 하며 한참을 숲에서 지냈다. 노르웨이 시인인 하우게는 "좋은 시는 차향이 나야 해, 아니면 숲속이나 갓 자른 나무 냄새가" 제주의 숲을 걸으며 하우게가 심오하게 얻어낸 말을 생각했다. 천천히 숲길을 걷으니 정말로 좋은 시 한 편 읽는 것 같은 심정이었다.

그 길을 걸으면 걸을수록 몸이 가벼워지고 마음이 맑아졌다. 숲에는 음이온과 피톤치드가 많이 나온다. 그것은 우리 몸을 치유한다는 것이 과학적으로 증명되었지만, 기침이 금방 잦아들고 갈수록 몸이 가벼워짐을 체험으로 알았다.

열흘이 지난 뒤에는 한라산에 도전했다. 그동안 몸은 숲을 걷는데 최적화되어서인지 어디라도 걸어갈 수 있을 것 같았다. 한라산 윗세오름을 오르기로 했다. 한라산을 오르는 계단을 밟으며 감사한 마음으로 가득 찼다. 산을 오르며 천상의 정원도 보았다. 올라갈수록 풍경은 위대했고 빛났다.

숲을 이루는 나무는 어릴 때부터 의지할 것 없는 허공에서 허우적거리며 키를 키웠다. 뿌리는 엉키고 어깨는 맞대며 자랐다. 줄기와 잎은 낮에 임무를 다하고 뿌리는 밤에 할 수 있는 일을 하며 상생했다. 서로 측은하게 생각하며 살아온 세월이 어느덧 거목을 이루며 숲을 만들지 않았는가. 이제는 단단한 그늘이 되어 동물과 사람과 지구까지 책임지고 있었다.

숲길을 걷는 일은 작은 일이지만 하루하루 걸을수록 우리에게 너무 많은 것을 주었다. 그 길을 걸으며 스치는 풀도 무심하게 보내기가 아쉬웠다. 숲은 보는 것보다 그 안으로 들어가 걸어 보아야 진가를 알 수 있다. 그 속에서 진정한 아름다움과 경이로움을 느낄 수 있기 때문이다.

그 숲을 다시 걷고 싶다.

갈대와 바람

오후에 떠나 그 다음 날 오전에 돌아오는 1박2일의 짧은 여행을 떠났다. 인천 부두에서 배에 승용차를 싣고 40여 분만에 도착한 장봉도는 유명한 곳은 아니지만, 바다를 바라보며 일상의 지루함을 떨칠 수 있었다. 늦은 가을의 섬은 을씨년스럽고 고즈넉했다.

저녁 무렵에 도착해 차를 타고 해변으로 난 길을 따라 달리자니 마침 해가 넘어가고 있었다. 장봉도의 석양은 또 다른 모습으로 장관을 이루었다. 붉은 빛과 금빛이 교차하면서 드넓은 회색바다는 석양을 위해 있는 무대처럼 느껴졌고, 군데군데 석양과 어우러진 갈대의 모습은 그림을 더욱 풍성하게 만들었다. 장봉도에는 갈무리된 들판에 갈대만이 무리 지어 한들거리고 있었다.

갈대는 봄과 여름에도 그 자리에 있었지만 눈에 잘 띄지 않는다. 나뭇잎과 꽃들에 묻혀 눈에 들어오기에는 너무나 소박한 풀이지 않은가. 가을이 되어 모든 화려한 꽃이 진 뒤에 우뚝 솟아난 갈대가 눈에 들어온다. 갈대는 일 년 중 가을을 위하여 인내의 삶을 살아야 했다.

갈대가 어릴 때는 누구의 시선도 끌지 못하고 비쩍 마른 몸을 바람에 시달리며 지냈다. 키는 유달리 커서 더욱 바람을 탔던 젊은 시절이지 않았던가. 바람이 불면 서걱거리는 소리조차 아름답지 못해 마음 놓고 내지르지도 못했으리라.

그러나 늦가을의 들판을 장식하는 갈대는 작은 깃대를 세워 놓은 듯도 하고, 새의 깃털을 꽂아 놓은 듯도 하다. 한두 개의 깃대는 보이지도 않을 테지만 무리지어 있는 모습은 아름다웠다. 더구나 단풍이 든 붉은 잎들과 어울려 가을 들판을 품위 있게 만들었다. 어느 꽃이 저렇게 품격이 있어 보일까. 어떤 꽃이 저렇듯 위대해 보일까.

장봉도를 한 바퀴 돌다가 갈대가 많은 곳에 차를 세웠다. 갑자기 깃털처럼 보이는 갈대숲을 옷을 벗고 뛰어들고 싶어졌다. 속살에 갈대가 닿아도 부드러운 감촉만이 남을 것 같은 생각이 들었다. 긴팔의 옷을 걷어붙였다. 그리고 갈대밭에 들어갔다. 옷을 걷어 올린 팔로 갈대를 느꼈다. 처음엔 간지러운 촉감도 느낄 수 있었지만, 나중에는 까칠한 감촉만이 맨살을 파고들었다. 팔을 펴고 잠시동안 갈대를 비비대고 지나가자니 소름이 돋을 정도로 따끔했다. 그것은 갈대의 연륜이지 않은가. 부드러워 보이지만 많은 시간을 기다려 피워낸 세월이 있었음을 알게 해 주었다. 한참 뒤 갈대를 멀리 했는데도 온 몸에서 서걱거리는 소리가 들리는 듯하다.

바닷가 들판에 바람이 잦은 적은 없다. 그래서 갈대의 무리는 늘 흔들거린다. 미세한 바람에도 태연하지 못하다. 센 바람이 불면 무더기로 쓰러지는가 싶으면 다시 꼿꼿이 일어선다. 갈대는 바람을 무서워하지 않는다. 바람이 불면 부는 대로 흔들리는 모습은 인생을 달관한 사람만이 할 수 있다. 젊은 시절에는 바람에 맞서기도 하다가 부러지기도 하지만, 나이가 들면 바람을 거역하지 못하고 맞을 수밖에 없지 않은가.

갈대를 휩쓸고 지나온 바람이 나에게 다가와 내 몸도 어루만지며 지나간다. 바람은 갈대를 바라보는 우리의 감각을 입체적으로 느낄 수 있게 했다. 갈대가 정지되어 있다면 숨을 쉬지 않는 것과 다르지 않게 보일 것이다. 갈대를 움직이게 하는 바람이 있기에, 갈대가 가진 풍부한 생명력을 눈으로 보게 된다. 자연이 자연스러운 것, 그것 또한 바람이 있기 때문은 아닐까 생각한다.

갈대에게 바람은 무척이나 고마운 존재이기도 하다. 바람이 없으면 옆과 뒤를 돌아볼 수도 없고, 씨앗을 멀리 날려 보낼 수도 없다. 그 자리에서 그대로 꼼짝도 할 수 없는 갈대를 바람은 흔들거리며 세상 구경을 시켜 주고 있었다. 산들바람은 갈대끼리 서로 애무하는 몸짓도 가르치곤 한다. 갈대의 붙박이 발에 바람은 신발을 신겨 주었다. 갈대는 바람이 없으면 그 황량한 마음을 어찌 비워낼까. 바람은 갈대를 일제히 수군거리며 이야기를 하게 하지 않는가.

갈대가 아름다운 세상은 가을이 지나가고 있다는 뜻이다. 나에게도 겨울이 아주 가까이 다가와 있다. 내가 겨울을 맞이했을 때, 저 들판의 갈대처럼 심신이 가벼워졌으면 싶다. 늦가을 들판을 멋지게 장식하는 은빛 갈대의 무리는 우리의 마음을 허허롭게 한다. 갈대는 바람이 있어 그런 마음을 떨칠 수 있지만, 우리는 무엇으로 바람을 대신할 수 있을까.

석양을 받아 더욱 아름다운 장봉도의 갈대를 멀리서 다시 한 번 바라보았다. 이제 곧 겨울이 다가온다. 저기 저 갈대가 겨울에 죽어 없어지는 듯해도 바람이 있어 다시 살아나지 않던가. 많은 무리가 죽어 없어져도 갈대는 살아나 바람에 흔들리고 또 흔들리고 있을 것이다.

세 개의 창

밤기차를 타고 다음 행선지로 가기 위해 인도의 델리 기차역 광장에 도착했다. 광장에는 사람들이 전시의 피난민과 같은 모습으로 많이 모여 있었다. 자리를 깔고 쪼그리고 누워 자는 사람들과 아무 데나 끼어 앉아서 얘기를 나누는 사람들, 여러 사람이 둘러앉아서 손뼉을 치며 노래하는 사람들이 비집고 들어갈 틈도 없이 빼곡히 들어차 있었다.

이상한 일은 분을 다투며 기차를 기다리는 사람들의 표정이 아니었다. 여러 날 그렇게 지낸 사람들처럼 보였다. 나중에 알고 보니 인도 기차는 정해진 시간표대로 가는 일이 잘 없고, 몇 시간 늦게 떠나는 것은 예삿일이라고 했다.

인도사람의 대부분이 힌두교인이다. 그들이 생각하는 시간은 처음도 끝도 없이 회전하는 고리 같은 것으로 여기고 있었다. 그래서 기차가 연착되어도 누구 하나 불만을 나타내지 않았고, 조급하게 기다리는 사람도 없었다.

우리도 네 시간이나 연착되어 밤기차를 탔다. 침대차에 특급열차라고 해서 약간의 기대를 했는데 기차는 달리는 골동품처럼 느껴졌다. 보통 좌석보다 조금 더 넓은 침대가 3층으로 되어 있고, 서로 마주 보고 6명이 한 공간에 타게 되어 있었다. 주위를 보니 잠이 올 것 같지 않았지만, 침대를 조립해 놓고 누우니 피곤했던 참이라 금방 잠이 들었다.

잠이 깨어 머리맡에 있는 창문의 커튼을 열어 보았다. 벌써 밖은 희뿌옴하게 밝아오고 있었다. 바깥 풍경이 무척 궁금했지만 잘 보이지는 않았다. 신선한 바람이라도 쐬고 싶었지만, 특급열차라 창문은 모두 밀폐되어 있어 열 수가 없었다. 기차의 속도는 시속 40키로 미터로 달렸다. 그것도 가다가 여러 가지 문제가 생길 수도 있어 목적지까지 걸리는 시간은 도착을 해야 알 수 있다고 했다. 최소한 12시간은 가야 목적지에 갈 수 있을 것 같았다.

아침을 먹고 창밖을 내다보았다. 침대 머리맡에 있는 창으로 밖을 내다보니 드넓은 밭에 밀과 보리가 익어가는 것 같은 풍경이 이어졌다. 들판을 보자니 가을 같은 느낌이 들었다. 그 창과 마주 보는 곳에 다른 창이 있는데, 거기로 밖을 내다보니 들판에 보이는 게 밀과 보리가 아니라 유채꽃이 피어 있지 않은가. 한없이 넓은 땅에 유채꽃과 빨간색의 꽃이 아름답게 피었다. 마주 보이는 창문 옆에 또 다른 큰 창이 있었다. 그곳으로 밖을 내다보니 햇빛이 내리비치는 화사한 유채 꽃밭이 눈에 들어왔다. 그리고 나무들의 잎이 연녹색과 짙푸른 색으로 작은 차이까지도 확연히 드러났다.

달리는 기차에 앉아서 밖을 바라볼 수 있는 창이 세 군데가 있었다. 기차가 오래되어 창문 세 개의 색깔이 다 달랐다. 유채꽃이 밀과 보리가 익어가는 것으로 보이는 창은 기차가 생긴 후, 한 번도 유리를 갈아 끼운 적이 없는지 기름때가 누렇게 끼어 있었다. 건너편 창은 선탠을 해서 햇빛이 느껴지지 않았다. 그 옆의 창은 갈아 끼운 지 얼마 되지 않고, 선탠도 하지 않아 말갛게 바깥 풍경이 있는 그대로 보였다.

기름때가 끼어 물체가 누렇게 보이는 창으로 보는 바깥 풍경은, 하루 중 해질 무렵으로 노을빛이 비치는 저녁 풍경으로 보였다. 그래서 꽃의 화려한 모습도 곡식이 익어가는 것으로 느껴졌다. 선탠을 한 창으로 물체를 보면 해가 비치지 않으니, 늘 해가 뜨기 전의 아침 같은 풍경을 자아냈다. 사물이 말갛게 보이는 창으로 바라보이는 풍경은, 햇빛이 비치는 한낮의 풍경으로 꽃들이 더욱 화사하게 보였다. 이렇듯 세 개의 창이 같은 사물을 서로 다르게 보이게 했다.

동시에 바라보는 바깥 풍경이 이렇듯 다르게 보일 수 있을까. 차가 달리는지 서 있는지 느낄 수조차 없는 기차 안에서, 나는 세 개의 창이 연출하는 자연을 감상했다. 세 개의 창을 번갈아 가며 바라보자니 인도의 모습이 세 개의 창으로 나뉘어 보였다.

세계 10대 부자에 세 사람이나 들어있을 정도로 인도에는 부자가 많다. 그들은 말간 창으로 바라보는 바깥 풍경처럼 햇빛이 내리비치는 화려한 꽃이 만발한 풍경 속의 사람들이 아닐까.

이제 도약을 앞둔 인도를 이끌어 갈 희망찬 사람들은 선탠을 한 창으로 바라보이는 인도의 아침을 맞이하고 있다. 아무 데나 자리를 펴고 제집인 양 누워 자는 노숙자와 외국인만 보면 처연한 눈빛으로 구걸을 하는 빈곤층의 앞날은 기름때가 낀 창으로 바라본 저녁 풍경으로 보였다.

아침과 낮과 저녁은 서로 마주치지 않는다. 하루라는 같은 굴레에 있지만 서로 섞이지도 않는다. 인도라는 한 나라에 사는 그들도 서로 마주치지 않고 섞이지 않고 지내는 것 같은 느낌이 들었다. 인도 사람들은 세 개의 창으로 보이는 풍경처럼 그 경계가 분명했다.

우리나라로 돌아와 신문을 보자니, 인도에서 피라미드의 밑바닥을 이루고 있는 많은 빈곤층을 겨냥해 저가 필수품을 만들어 파는 일을 시작했다고 했다. 저가 물품들의 개발은 큰 인기를 얻어 꼬리에 꼬리를 물고 이어지는 모양이었다. 그 일은 가난도 구제하고 나라 경제도 살리는 정책이었다. 이때까지 소수 부유층과 중산층을 위한 물건을 만들어 팔기 바빴던 그들의 발상에 기분이 날아갈 듯 했다. 인도에는 빈곤층이 생각보다 훨씬 많았다. 그들이 살아가는 모습은 우리가 상상을 한 것보다 더 어렵게 살아가는 것 같았다. 시골에서 생활하는 사람들은 자연 속에서 동물과 어울려 구분 없이 생활을 이어가고 있는 듯이 보였다. 인도에 다녀온 사람이라면 누구나 그들의 순한 눈빛을 잊을 수가 없을 것이다.

이제 인도에도 한낮의 햇살이 경계가 없이 넘실거릴 날이 멀지 않을 것 같은 생각이 들었다. 하루라도 빨리 델리 발 특급열차의 세 개의 창문 중에, 기름때가 낀 창은 갈아 끼워지기를 염원해 본다.

카레 이야기

인도에서 첫 식사로 기차에서 도시락을 먹었다. 카레에 버무린 밥에 반찬은 우리나라 장아찌처럼 생긴 것 두 가지가 전부였는데, 한국에서 가져간 밑반찬을 얹어 먹으니 먹을 만 했다.

오랫동안 카레라이스가 일본 음식인 줄 알고 있었다. 일본은 처음으로 강황을 요리하기 좋게 가공해 세계에 퍼뜨렸기 때문이다. 강황은 인도의 열대 지방에서 음식의 부패를 막고 입맛을 북돋울 수 있는 향신료로 많이 쓰였다 한다. 특유의 노란색의 강황은 인도가 원산지로 식물에서 채취한 천연색이다. 인도인들은 그것을 만병통치약으로 여겼다. 더운 지방인 인도에서는 발한 작용으로 매운 맛과 상쾌한 맛을 얻기 위해 자극적인 향신료를 많이 썼다.

인도에 있는 동안 호텔에서 아침과 저녁을 먹었다. 아침에는 간단한 양식과 카레로 만든 요리가 몇 가지 나왔다. 저녁에는 여러 종류의 맛과 색이 다른 카레 음식이 많았다.

도넛같이 생긴 것을 한 입 베어 무니 카레향이 강하게 났다. 단

맛의 도넛을 생각했는데 카레 맛이 나니 먹을 수가 없었다. 천천히 다시 맛을 보니 정향을 넣은 카레를 도넛가루에 섞어 만든 듯, 자극적이면서도 상큼한 향이 나고 달콤한 맛도 느낄 수 있었다. 인도의 빵인 '난'을 카레 수프에 찍어 먹었다. 수프의 색깔은 누르스름하고 야채가 뭉글하게 익어 있었다. 걸쭉한 그것은 후추를 카레에 섞어 만든 듯, 톡 쏘는 매운 맛과 상긋한 감귤의 향도 나는 듯했다.

생선을 기름에 튀긴 것 두 점을 접시에 담았다. 흰 살 생선에 카레가루를 입혀 튀겼다. 월계수 잎을 넣은 듯, 생선의 비린내가 나지 않고 상쾌한 향과 약간의 쓴맛이 느껴졌다. 우리가 즐겨 먹는 카레라이스와 비슷한 수프도 있었다. 인도의 밥은 밥알이 매끈거리며 하나하나 따로 놀았다. 야채 건더기가 많이 들어 있고, 계피를 넣어 끓인 듯한 카레 수프를 밥에 끼얹어 비벼 먹었다. 약간의 매운맛과 단맛을 동시에 느낄 수 있었고 청량감이 감돌았다. 먹고 나서도 입안 가득 풍미가 가득했다.

이태리식 리조또처럼 밥을 해물과 야채에 볶아 노란 카레가루에 버무린 것도 먹을 만했다. 여러 가지 음식에 가미한 카레의 향이 다 달랐다. 건조한 생강을 넣은 카레는 향기가 상큼하면서 자극적이고 매운 맛이 났다. 고추를 넣어 만든 카레는 구수하면서도 우리 입에 맞는 매운 맛을 내었다. 매운 맛을 낼 때는 고추와 후추와 생강과 겨자를 첨가했다고 했다. 여러 가지 향신료를 많이 이용했고, 허브를 섞어 만든 카레도 저마다 독특한 향을 지니고 있었다. 우리나라 된장 맛과 비슷한 향신료인 마살라를 넣은 카레 요리는 톡 쏘는 냄새가 역겨워 먹기가 쉽지 않았다.

인도는 쇠고기와 돼지고기는 먹지 않아, 그 두 가지를 재료로 요리한 음식은 구경도 할 수 없었다. 닭고기는 즐겨 먹는 듯 했다. 수프 색깔만 달랐지 닭볶음탕과 비슷하게 보이는 요리가 있었다. 노란색에 회색빛이 도는 수프에 잠겨 있는 토막을 낸 닭고기를 몇 점 가져다 조심스럽게 먹어 보았다. 닭고기와 카레 맛이 어우러져 특유의 냄새도 나지 않고 향도 진하지 않아 맛이 아주 좋았다.

마지막 날 인도인 동행자에게 카레를 사고 싶다고 했더니 델리에 일찍 도착하면 시장에 잠깐 들러 살 수 있다고 했다. 그런데 밤 비행기를 타려면 저녁 7시경에는 공항에 가야 하는데, 러시아워에 걸려 겨우 8시경에 도착했다. 그와 작별 인사도 하는 둥 마는 둥 수속을 밟으러 안으로 뛰어 들어 갔다. 비행기를 타고 난 뒤, 본 고장에 와서 카레를 사지 못한 아쉬움이 남았다.

인도의 어디를 가도 카레향이 났다. 사람에게서도 났고 거리에서도 났다. 어느 사원 앞에서는 사람들이 카레가루를 물에 개 얼굴에 바르기도 했다. 저마다 즐겨 먹는 맛이 다른 카레가 수없이 많았다. 처음 며칠 동안은 독특한 카레 냄새에 음식을 잘 먹지 못했다. 조금씩 차이가 나는 카레 맛에 음식을 접시에 담기도 겁이 났다. 여기저기 둘러보아도 카레밖에 보이는 게 없었다. 이러다간 여행 중에 먹지 못해 병이라도 날 것 같은 심정이었다.

음식이 맛있거나 맛이 없거나 하는 것은 먹는 사람의 상태에 따라 많이 작용한다. 카레가 싫다고 피하기보다 그 속에 풍덩 빠져 보기로 마음을 고쳐먹었다. 그런 마음으로 열심히 먹다보니 미세한 맛의 차이도 느낄 수 있었고, 시간이 지나면서 나도 모르게 카레에 빠져 든 모양이었다.

강황을 사다가 벌꿀과 사과를 넣어 달콤한 바몬드 카레를 직접 만들어 보면 어떨까. 우리나라에서 나는 향신료를 이것저것 배합해 끓여 보면 어떤 맛이 날까. 한낱 희망사항으로 끝이 났다.

카레 이야기를 하다 보니 갑자기 배가 고파지며, 카레 수프에 깊숙이 빠져 있는 닭고기가 먹고 싶어졌다.

희망이 있는 길

차마고도로 가는 길이다. 힘든 여행 코스라 남편들과 동행해 몇 부부가 떠났다. 해발 4,000미터가 넘는 험준한 산 중턱에 난 좁은 길은 멀리서 바라보면 산허리에 한 줄의 금으로 보였다. 보기만 해도 경이로운 그 길을 걸으려 한다.우리가 걸어갈 길은 호도협을 지나 옥룡설산과 하바설산을 끼고 있었다.

호도협은 세계에서 제일 깊은 협곡 중 하나로 옥룡설산과 하바설산의 깎아지른 산 사이로 장강이 활기차게 흘러가는 곳이다. 호도협에서 차를 타고 아찔한 산길을 중턱까지 울렁거리는 가슴을 안고 아슬아슬하게 올라갔다.

한참을 올라가서 아래를 내려다보니 가슴이 철렁하도록 경사진 산을 차를 타고 올라왔다. 위에는 양대 설산이 영상으로 보는 듯 솟아 있고 아래는 깎아지른 낭떠러지에 현기증이 났다. 어디를 봐도 이 세상의 풍경이 아니었다. 조각한 듯한 봉우리가 수없이 많은 높은 산에, 구름이 산허리를 휘감고 있는 모습은 너무나 웅장하고 완벽한 자연의 조합에 할 말을 잃었다. 산 중턱쯤 올라오니 마을이 있었다. 마을 사람들의 순한 눈망울은 산 밑에서 풀을 뜯고 있는 야크의 눈을 닮았다. 객잔에서 점심을 먹고 차를 마셨다.

차마고도는 가장 높고 가장 험준하고 가장 아름다운 길이다. 그 길을 걸었다. 차마고도 아래는 천 길 낭떠러지의 협곡에서 황토물이 용솟음치듯 흘러간다. 오래전 그대로인 옛길을 한 걸음 한 걸음 조심스럽게 떼어 놓는데 눈길은 자꾸 길옆에 핀 야생화에 갔다. 돌 틈 사이를 비집고 올라온 용담이 우리 집에서 핀 것보다 환상적인 색채를 뽐냈다. 높은 산이라 꽃나무들이 대체로 키가 작다 못해 땅에 붙었다. 모진 비바람에 시달리며 푸석한 땅에 뿌리를 박고 있는 작은 꽃들이 어쩌면 저렇게 선명한 색채를 낼 수 있을까. 핑크빛과 노란색과 보랏빛의 꽃들이 맑고 밝은 예쁜 색을 뿜어내었다. 길을 걸으며 어디를 봐도 이색 풍경이 경이로웠다. 길이 좁고 험한 탓에 주변을 자세히 둘러보며 걸을 수 없는 게 아쉬웠다.

중국의 윈난성과 쓰촨성의 차와 티베트의 말을 교환했다 하여 차마고도라 했다. 그 길이 5,000킬로미터에 이른다. 실크로드와 함께 인류 최고의 교역로다. 험준한 산과 물을 건너 짐꾼들은 무거운 짐을 지고 천여 년 동안 걷고 또 걸으며 이루어진 귀한 길이다. 이 길이 아직도 핏줄처럼 또렷이 남아 있는 것은 길이 역사를 말하지 않는가. 한 발 한 발 내딛는 발걸음을 가볍게 떼어 놓을 수가 없었다. 그 유구함과 고요함을 조용히 느끼며 걸었다. 지금은 이렇게 아름다운 길이 예전에는 눈물 나게 힘들고 어려운 길이지 않았던가.

그렇지만 가족을 위해 아비는 험한 길을 짐을 지고 말을 몰고 걸었다. 그 길을 가야만 가족을 먹여 살릴 수 있었고, 교역으로 필요한 물건도 만질 수 있지 않았던가. 죽음도 두려워하지 않고 그 길을 걷고 또 걸었으리라.

얼마 전에 인도의 서북쪽 히말라야 자락에 '잔스카'라는 오지마을을 TV에서 방영하는 것을 보게 되었다. 그 마을과 밖을 잇는 유일한 통로는 잔스카 강이다. 그 강이 얼어 얼음길이 열려야 아버지의 손을 잡고 아이들이 학교에 간다. 그곳에서 학교에 가기 위해서는 열흘 동안 영하20도를 넘나드는 눈길과 잔스카 강의 얼음 위를 걸어가야 했다. 학교에 가기 위해 집을 떠나는 어린 아들과 20킬로가 넘는 짐을 진 아버지가 길을 나선다. 배웅하는 어머니는 언제 다시 볼지 모르는 아들과의 이별에 눈물을 흘리고 있었다.

학교 가는 길은 위험천만의 길이다. 침낭 하나에 의존해 눈밭에 누워 밤을 보낸다. 아버지는 아이들의 젖은 옷을 말려 갈아입히고 서툰 솜씨로 음식을 마련한다. 고생스러운 일이지만 아이들을 도시의 학교에 보낼 수 있어 기쁘게 그 일들을 하고 있었다.

눈에 발이 푹푹 빠진다. 좁다란 길이 있지만 눈 때문에 보이지 않아 비탈진 눈길에 미끄러지기 일쑤였다. 그렇지만 오지마을에 그냥 살다가는 아비의 삶을 그대로 이어갈 수밖에 없으니, 아비는 넘어지면서도 웃으며 자식을 위해 길을 떠난다. 혼자서도 걷기 힘든 길을 목숨을 걸고 아이를 등에 업고 절벽을 탔다. 단 하나 아들을 학교에 보내기 위해 죽을힘을 다해 걷고 걸어갔다. 열흘 동안 험한 여정에 아이를 학교에 들여 보내고 다시 그 길을 걸어 집으로 돌아와야 하는 아버지.

세상에서 가장 힘들고 험한 길인 차마고도와 잔스카 강을 걷는 길이다. 그 길을 아비들은 가족을 위해, 아들의 장래를 위해, 희망으로 벅찬 가슴을 안고 걸어갔고 걸어가고 있지 않은가.

비아그라가 여자에게 미치는 영향

중국의 윈난성에 위치한 여강은 해발 2,500미터 정도의 높은 곳에 있는 도시다. 소수민족인 나시 민족이 사는 고성으로 이루어져 있는데, 요즘은 넘쳐나는 관광객으로 현대식 건물들이 많이 들어섰다. 이번 여행에서 고도가 제일 낮은 곳이 여강이니 미리 고산에서 일어나는 증상에 대해 준비해야 했다. 여섯 부부가 각자 본인의 상태에 따라 병원에서 처방을 받아 약을 지어온 사람도 있고, 공항에 있는 약국에서 사 가는 사람도 있었다.

그 중 김 사장 부부는 친하게 지내는 주치의가 고산 증상에는 비아그라가 좋다며 그 약을 주었다 한다. 비아그라는 수축한 동맥을 확장시켜 혈류를 원활히 해 몸속에 산소의 공급을 늘여주는 역할을 하기 때문에 고산증에 널리 쓰이고 있다고 들었다.

도착한 이튿날은 3,200미터에서 4,500미터까지 올라가는 날이라 아침부터 고산증에 대비해 준비한 약을 먹었다. 우리들의 관심은 비아그라를 먹은 부부였다. 대낮에 약을 먹은 후에 어떤 변화가 일어나는지 몸의 상태를 짓궂게 추궁하곤 했다.

다음날 아침, 김 사장 부인이 낮에는 별다른 변화를 느끼지 못했는데, 밤에는 머리에 열이 뻗쳐 잠을 잘 이루지 못했다지 않는가. 비아그라가 남자에게 미치는 데가 어디인지는 다 알고 있었지만, 여자에게 나타나는 반응이 궁금했던 차였다. 의외의 그 말을 듣고 모두들 "머리에 열이 뻗치다니?" 하며 고개를 갸우뚱거렸다.

호텔에서 아침을 먹게 되었다. 호텔 규모에 비해 식당이 넓지 않아 사람들로 북적거렸다. 다행히 식사 후에 차를 마실 때는 사람들이 많이 빠져나가 한적했다. 차를 마시며 주위를 둘러보자니 한쪽에 나무로 만든 커다란 나체 조각상이 서로 마주보고 서 있었다. 사람 키만 한 조각상을 슬쩍 보고 지나치면 그냥 남자와 여자의 나상으로밖에 보이지 않았다. 그런데 자세히 들여다보니 괴상하기 짝이 없었다.

조각상의 얼굴을 보니 입술은 두텁고 눈은 부리부리한 게 아프리카 원주민 같은 모습을 하고 있었다. 터질듯한 가슴과 풍만한 엉덩이에 잘록한 허리를 가진 여자 몸에 있어야 할 여자 생식기 대신에 커다란 남자의 생식기가 달려 있지 않은가. 또 하나는 넓은 근육질의 가슴에 역삼각형의 남자 몸의 밑은 밋밋했다. 그 조각상은 남자의 그것이 머리에 뿔처럼 달려 있지 않은가. 이게 무슨 조화인가 싶어 놀라지 않을 수 없었다. 아까 김 사장 부인이 머리에 열이 뻗쳤다는 것과 통하는 게 있을 것도 같아 호기심이 발동했다.

그런 조각상은 처음 보는 것이라 이 고장에 어떤 유래를 근거로 작품을 만든 것은 아닐까, 아니면 조각가의 발칙한 발상일까. 궁금하기 짝이 없었다. 가이드에게 요상한 조각상에 대해 물어보아도 일정이 바쁘기도 했지만 내 말에 큰 관심을 보이지 않았다.

나시족의 고유문자가 동파문자인데 천 년 전부터 사용되었다 한다. 아직도 사용하고 있는데 여행 중 여기저기에서 그 문자를 볼 수 있었다. 세계 유일의 상형문자로 단어가 풍부해 인간의 세세한 감정뿐만 아니라 복잡한 사건까지도 기록되었다. 뜻과 음을 겸비한 동파문자로 아름다운 시까지 가능했다.

그들이 쓰는 동파문자로 혼례와 부부라는 상형문자를 보면 남자와 여자의 구분이 머리만 약간 다르게 그려져 있는 게 아닌가. 그러면 천 년 전에 나시족에게 조각상의 모습을 떠올릴 만한 무슨 일이 있었던 것이 틀림없었다. 어제 비아그라를 먹은 김 사장 부인은 약을 먹고 머리에 열이 뻗쳤다지 않는가. 여자 생식기가 있어야할 조각상의 머리에 남자의 그것이 달려 있는 것과 어떤 연관관계가 있는 것일까.

5일 동안 우리 일행은 잠깐씩 어지러움을 느끼거나 가슴이 답답하고 토할 것 같은 증상을 보이긴 했지만, 별 탈 없이 여행을 할 수 있었다. 비아그라를 먹은 김 사장 부인의 머리에 열이 난 일 외에는 예상 밖의 현상은 일어나지 않았다.

여행을 다녀온 지 한참이 지났다. 그러나 아직도 비아그라가 여자에게 미치는 영향에 대한 생각이 떠나질 않는다. 푸르스트는

"진정으로 무언가를 발견하는 여행은 새로운 풍경을 바라보는 것이 아니라, 새로운 눈을 가지는 것이다."라고 하지 않았던가. 다시 볼 수 없는 아름답고 웅장한 경치보다 그 사건에 깊이 빠져 있는 내 심정을 푸르스트는 이해해 줄 것 같았다.

희괴한 조각상과 동파문자와 김 사장 부인이 느꼈던 증상의 상관관계를 내가 도대체 풀 수 있는 일이 아니었다. 그곳의 역사 공부를 제대로 하면 알 수 있을까. 천 년 전에 일어났을 어떤 일을 지금 내가 상상을 한다는 자체가 무리였다.

어려운 문제를 풀지 못하고 골똘히 생각하자니, 내 머리에도 열이 뻗치기 시작하는 게 아닌가. 이 글을 쓰는 것으로 나의 장난기는 잠재워지리라 생각한다.

뜻밖의 만남

패키지여행에서 잠깐씩 주는 자유시간은 늘 감질나다. 수년 전에 헝가리의 부다페스트에서 일이다. 성 이슈트반 성당 앞에서 일행과 헤어져, 잠시 후 그곳에서 다시 만나기로 약속하고 뿔뿔이 흩어졌다. 함께 간 친구들은 쇼핑을 하러 상점이 많은 거리로 가고 나는 성당 안으로 들어갔다.

성당 안에는 마침 주일이라 많은 사람들이 예배를 드리고 있었다. 예배를 드리는 사람들의 분위기는 자유로웠다. 단상에는 아기를 안은 젊은 부모들이 올라가 있고 신부는 아기의 머리에 손을 얹고 무슨 말을 하는 것으로 보아 유아세례를 받는 모양이었다. 빈자리에 앉았다. 옆 사람과 눈이 마주치자 동시에 같이 웃었다.

성당 내부를 찬찬히 둘러보았다. 화려하고 웅장한 모습에 압도당했다. 이 성당은 이슈트반 왕을 기리기 위해 50년에 걸쳐 지은 것이라 했다. 다른 성당과 다르게 예수님 상이 중앙에 있는 게 아니었다. 이슈트반 왕의 모습이 금으로 장식되어 중앙에 있고 예수님 상은 좌측에 있었다.

내부를 찬찬히 둘러보고 나오는데 낯익은 사람이 막 안으로 들어왔다. 나는 마치 잘 아는 사람이라도 만난 듯 반가운 마음에 반색을 하며 인사를 했다. 그들은 백건우 윤정희 씨 부부였다. 나는 그 부부를 보자 이상하게 평소에 만나왔던 사람처럼 느껴졌다. 너무나 편안하고 꾸밈없는 표정에서 누구나 그들을 만나면 그런 생각을 할 것 같았다.

디지털 카메라를 백건우 씨한테 건네 주며, 이 카메라가 사진이 찍혔다 안 찍혔다 한다고 했더니, 자기 카메라도 고장이 났다며 안타까워했다. 찍히길 바라며 윤정희 씨와 나란히 서서 사진 몇 장을 찍었다. 얼마 전에 상영했던 윤정희 주연의 영화 ≪시≫를 잘 봤다며 몇 마디의 대화를 나누었다. 옆에 서 있던 백건우 씨는 부다페스트에 연주하러 왔는데, 시간이 있어 성당 구경을 나왔다고 했다. 부부는 연주회 왔다가 짬짬이 관광도 다닌다며 묻지도 않았는데 생전 부지의 나에게 아는 사이처럼 진지하면서 친절하게 대해 주었다.

그들은 결혼생활을 몽마르트 언덕이 있는 곳에, 작은 셋집에서 시작했고, 지금도 파리의 좁은 아파트에서 아주 조용하게 살아간다. 여배우의 머리 염색을 세계적인 피아니스트인 남편이 해 주는 모습을 잡지에서 보고 설마 한 적이 있었다. 서로를 배려하는 생활을 하며 내조와 외조를 아끼지 않고 가식 없이 살아온 모습이 그들을 만나는 순간 느껴졌다. 백건우의 진정성 있는 음악은 인간성이 밑바탕이 된 것이라 생각한다. 그들에겐 오랜 세월 자신의 음악세계를 가꿔온 아버지를 닮은 바이올리니스트인 외동딸이 있다. 음악을 이용해 돈과 명예를 얻으려 하지 않겠다는 다짐을 딸에게 늘 하는 백건우 윤정희 씨 부부.

언젠가 신문에서 읽은 기사가 생각났다. 울릉도에서 배를 타고 20분 걸리는 곳에 죽도가 있는데, 그곳에는 단 한 사람이 살고 있다. 그의 어머니가 오래 전에 외로운 아들을 위해 피아노를 사주었다. 지금은 그의 부모님은 돌아가시고 달랑 한 사람만 죽도에서 살아간다.

그 한 사람을 위해 백건우 윤정희 부부는 죽도를 찾아 피아노 연주를 들려주었다. 명성이 있는 피아니스트가 죽도에서 더덕 농사를 짓는 한 사람을 위해 연주를 하였다. 그 한 사람이 피아노 소리가 이렇게 아름다운 줄 몰랐다며 고마움에 고개를 들지 못했다. 그 소식을 들은 모든 사람들의 마음은 감동으로 일렁거렸으리라.

물이 흘러가듯이 사람들은 자연스럽게 세월을 맞고 보내고 싶어 한다. 그렇게 살기가 쉽지 않다는 것을 삶을 오래 살아본 사람들은 다 안다. 백건우 윤정희 부부는 잠시 동안 보았지만 알 수 있었다. 너무나 아름다웠던 얼굴이 지금은 보통 그 나이의 평범한 여자의 모습으로 보였다. 여배우가 유행이 지난 오래 된 옷을 입고 얼굴에 나이 들어 잡히는 주름이 말해 주었다. 그들은 꾸미지 않고 소박하고 자연스럽게 살아가고 있다는 것을.

어느 문화심리학자가 이런 글을 썼다. "사람들은 직업의 틀에 나를 가두고 그 틀 안에서 사는 이들이 많다. 그 사람들은 나는 어디서나 정치인이고 의사고 교수라고 생각한다. 길거리에서나 음식점에서나 의사고 연예인이고 정치인이라고 목에 힘을 주며 어렵게 살아가고 있는 사람을 자주 본다."고 했다. 백건우 씨는 무대에서 피아노를 칠 때만 연주자고 윤정희 씨는 연기를 할 때만 연기자였다. 내가 잠시 만난 그들은 그냥 일반적인 사람들의 소탈한 모습 그대로였다.

그러나 그런 백건우 윤정희 씨 부부에게서 범접할 수 없는 멋과 당당함을 보았다. 그 날 부다페스트에서 백건우 윤정희 씨 부부의 '뜻밖의 만남'은 오랫동안 잊히지 않을 것 같다.

네바강의 노부부

늦은 밤에 러시아의 상트페테르부르크에 도착했다. 버스에서 밖을 내다보니 쭉 들어선 건물의 불빛이 강물에 비쳐 야경이 무척 아름다웠다. 상트페테르부르크는 유럽의 여느 도시처럼 평온과 품위가 느껴졌다. 그러나 예전에는 레닌그라드로 불리며 악명 높은 첩보영화의 중심이 되었던 도시다.

이튿날 도시를 둘러보고 점심을 먹으러 어느 화려하고 아름다운 성으로 들어갔다. 계단에 레드카펫이 깔려 있었다. 옛 왕족의 저택이라 그 가족이라도 된 듯이, 우아한 걸음으로 카펫을 따라 이층으로 올라갔다. 안내된 방의 문을 여니 반백의 멋쟁이가 피아노를 치면서 환한 미소로 우리를 맞아 주었다.

실내 분위기와 너무나 잘 어울리는 고급스러운 식탁에 예쁜 그릇으로 우리의 자리를 마련해 놓았다. 피아노를 치는 여자 분은 대학교수인데 신청곡도 받으며 분위기를 유쾌하게 해 주었다. 음식 또한 서울의 유명 레스토랑의 맛보다 뒤지지 않았다.

여고 동창생 여섯 명이 함께한 여행이다. 이번 여행은 오늘 오찬 한 끼를 대접 받으러 왔다고 해도 돈과 시간이 아깝지 않다며 즐거워했다. 상트페테르부르크는 예전에 왕족들의 성을 고급스러운 음식점으로 미술관으로 공연장으로 쓰고 있었다.

점심을 먹은 후 버스를 타고 네바 강변을 천천히 둘러보았다. 폭이 넓지 않은 강을 따라 잘 지은 성들이 끝없이 이어져 있었다. 아름다운 경치는 여행의 행복을 증폭시키는 배경이 되어 주었다. 계획된 도시답게 어디를 보아도 깨끗했다. 강가에 산책 나온 듯 노부부가 따스한 햇볕을 받으며 벤치에 앉아 과일을 나누어 먹고 있었다. 맑고 조용한 날, 이따금 파란 하늘을 쳐다보는 부부의 모습이 무척 평화롭게 보였다.

좀 더 깊게 보면 그들 부부는 초점이 분명하지 않는 눈으로 자신의 과거를 회상하는 듯도 했다. 젊은이의 모습에서 자기들의 환영을 찾으려는 눈빛 같아도 보였다. 그러나 조용히 그림처럼 부부가 함께 벤치에 앉아 있는 것만으로도 노후에 얻은 평화로운 삶이지 않는가.

저 부부의 여유와 평화는 쉽게 얻은 것은 아닐 것이란 생각이 들었다. 획일화된 사회구조에 따라 그들의 가정생활도 규격화 되지 않았을까. 어느 집단의 일원으로 살아왔을 그들이 가족을 이루며 살아가는 모습은 보지 않아도 어떠했는지 상상이 갔다.

예전에 공산주의를 꿈꾸며 월북했던 예술인과 지식인은 지금 어떻게 되었는가. 아이러니하게도 그들은 제일 먼저 숙청되었다.

저 노부부는 혁명에 가담하지도, 공산주의나 민주주의를 부르짖으며 앞장서지도 않았을 것 같은 생각이 든다. 네바 강물처럼 세월이 흐르는 대로 흘러 여기까지 오지 않았을까. 아니면 사회주의 우두머리로 온갖 권력과 부를 누리며 살아온 것은 아닐까. 그들 부부는 우리가 보기엔 평온해 보이지만 어떤 삶을 살았든 태풍의 소용돌이에 휘말리며 힘든 삶을 참고 살아 낸 결과이지 않겠는가.

저 부부와 우리 누구도 태어나는 곳을 정하지는 못한다. 노부부도 풍요로운 가까운 다른 나라에서 태어났다면 편안한 삶과 노후가 보장되었을 것이다. 인간은 선택할 수 없는 운명을 감당하며 살아가야 하는 게 삶이다. 네바 강의 물처럼 저 부부의 인생도 유유히 흘러 노년을 맞게 된 것이리라.

우리도 이제 노년으로 접어든다. 우리가 언제 이렇게 많은 세월을 살아 냈을까. 평범한 생활을 한 우리도 그 많은 세월을 어떻게 보냈던가를 생각하면 가슴이 먹먹해진다. 노년의 여유와 행복은 어디서나 그냥 얻을 수 있는 게 아닌 것 같다. 이제는 네바 강변을 자유로이 산책하는 그 부부의 질곡의 삶을 상상하며 눈에 보이지 않을 때까지 바라보았다.

상트페테르부르크를 떠나면서 유구한 세월을 품고 흘러가는 네바 강을 쳐다보았다. 네바 강이 영원히 흘러가듯이 이 도시도 영원히 존재할 것이리라. 그러나 우리가 여기서 받았던 분에 넘치는 오찬은 그대로 멈춰 있는 정물이 되어 우리들 추억 속에 정지되어 있다. 우리도 네바 강물처럼 흘러가는데, 아름다운 추억과 동행하면 가는 길이 덜 힘들고 덜 외롭지 않을까. 상트페테르부르크는 네바 강이 있어 아름답고, 네바 강은 300년 동안 강을 지켜보는 건물이 고스란히 남아 있어 외롭지 않았을 것이다.

네바 강을 한가로이 산책하는 노부부가 눈에 보이는 것처럼 행복하고 평온한 노후를 보냈으면 하는 간절한 마음을 안고 이 도시를 뒤로 했다.

인형의 집

우리 마을에는 호수를 한 바퀴 도는 산책 코스가 있다. 마을 사람 뿐 아니라 제법 멀리서도 걷기 운동을 하러 온다. 남편은 이른 아침에 마을 사람 서넛이서 호수를 한 바퀴 돈다. 일행 중에 나무로 가구와 소품을 만드는 취미를 가진 분이 있다. 그 집에 공방이 있는데 산책이 끝나면, 그곳에 들러 차를 한 잔하고 내려온다. 요즘은 아침식사까지 해결하는 날이 많다. 거기에는 간단히 음식을 해 먹을 수 있는 잡다한 물건들이 갖추어져 있다.

크지 않는 공방은 아침 산책 후 뿐만 아니라 하루 중 언제라도 사람들이 드나들 수 있는 공간이다. 나도 가끔 들러 이웃 사람들과 이야기도 나누고 차도 마신다. 안채와 떨어져 있어 안주인은 공방에 누가 왔는지 신경을 쓰지 않아도 된다. 그 공간을 보면 노르웨이에서 본 오두막이 생각났다.

오슬로에서 피오르드로 가는 길은 적요하기 그지없었다. 강과 호수를 끼고 마을이 제법 어우러진 곳도 있었다. 거의 한두 집이

산속에 박혀 있는 모습이, 한적하다 못해 보는 것만으로 적막감이 감돌았다. 그들은 사람이 살기에 아무리 열악해도 선조들이 물려준 곳을 떠나지 않고 집을 짓고 산다고 했다. 산이나 강가에 지어진 집들을 눈여겨보니, 본채가 있고 거리를 두고 그 옆에 커다란 창고가 있다. 그 사이에 멀리서 보면 커다란 개집처럼 생긴 오두막을 어느 집이나 한 채씩 갖고 있는 게 아닌가. 그 집을 '인형의 집'이라고 불렀다. 노르웨이는 집들이 드문드문 있어 그들에게 꼭 필요한 집이라 했다.

인형의 집 내부를 들여다보았다. 작은 공간에 간이침대와 간단히 음식을 해 먹을 수 있는 도구와 책상이 놓여 있었다. 주인의 취향에 따라 악기와 글을 쓸 수 있는 원고지와 펜을 준비해 놓았다. 예전에는 여자들의 쉼터 같은 공간으로 지어졌다. 요즘은 부부 싸움을 하고 난 후, 남편이나 아내가 화가 풀릴 때까지 지내기도 한다. 자신의 일에 몰두하고 싶을 때도 집안 살림은 잠시 잊고 그 집에서 기거한다고 했다.

≪솔베이지의 노래≫를 작곡한 그리그의 집인 '트롤하이겐'이 베르겐에 있다. 그리그의 집을 구경하고 산책로를 따라 걷자니 오두막이 보였다. 생전에 그리그가 여름에 작업실로 이용한 곳이다. 작은 창으로 들여다보니 책상 위에 악보가 놓여 있고 차를 끓일 수 있는 기구가 보였다.

서울에 살 때는 낮 동안은 늘 혼자서 지내며 내가 하고 싶은 것들을 했다. 시골로 오고부터는 바깥사람이었던 남편이 나와 함께 안에 있는 사람이 되어 사사건건 부딪쳤다. 책을 읽고 있으면 말을 걸었다. 컴퓨터에 앉아 글을 쓰면 자기도 인터넷을 써야 하니 빨리 끝내라 재촉한다. 신혼 때보다 더 자주 싸움을 한 것 같다. 그 무렵 노르웨이에서 본 인형의 집이 우리 집에도 절실히 필요하다고 생각했다.

본채와 뒷건물 사이에 집을 지을까. 뒷마당에 남은 조그마한 땅에 지을까. 혼자서 하루에 집 한 채를 짓고 부수면서 세월만 보냈다. 하루 종일 들락거리는 남편과의 공동생활도 시간이 지나니 적응이 되었는지 별 불편함을 느끼지 못하고 있었다.

몇 년 전부터 그동안 짝사랑만 하던 그림을 그리기 시작했다. 취미로 가볍게 그릴 수 있는 어반스케치가 유행하고 있었다. 여행스케치라고도 하는 그 장르는 펜으로 스케치해서 물감으로 색을 입히는데, 강조하고픈 곳만 자유자재로 칠을 해도 된다. 어느 틀에 얽매이지 않는 그림 그리기다.

내 그림은 다른 사람이 보면 형편없다 하겠다. 그러나 조금씩 실력이 나아지는 걸 느끼면서 나만이 즐길 수 있는 은밀한 행복으로 자리 잡아 갔다. 여행지나 외출에서 좋은 그림이 될 만한 풍경이 있으면, 스케치를 하거나 사진을 찍어와 한가한 날에 그린다.

노르웨이에서 본 인형의 집이 다시 생각이 났다. 이렇게 오랫동안 시골생활을 할 줄 몰랐다. 이젠 익숙할 대로 익숙한 시골을 떠나기가 힘들 것 같은 조짐도 보인다. 진짜 이유는 나이가 들수록 자연이 더 좋아지는 데 있다. 읽을 책과 그림 그리는 재료로 좁지 않는 거실은 어지럽다. 늘 펼쳐 놓고 시간 날 때 읽고 그리는 그것들은 정리가 잘 되지 않는다. 정리를 해 놓아도 치운 흔적이 안 보인다.

10년 전에 노르웨이에 갔다 온 뒤, 바로 나만의 오두막을 지었어야 했다. 그때 지었더라면 하는 아쉬움이 큰 후회가 되어 돌아오는 요즘이다.

상처와 축복

스위스 여행 5일째 되는 날이다. 알프스산맥에서 대표적인 명산인 마테호른을 볼 수 있는 체르마트로 가기 위해서 태쉬로 가야 한다. 태쉬에서 열차를 타고 10분정도 가면 체르마트가 있다. 그곳에서 산악열차로 갈아타고 3,136미터까지 올라가면 4,478미터의 마테호른 봉을 제일 가까이에서 볼 수 있는 코스다. 스위스는 나라가 작아 다른 도시로 가는 이동 시간이 짧았다. 몽뜨뢰에서 태쉬로 가는 시간은 그 중 긴 편에 들었다.

몽뜨뢰는 퀸의 보컬 프레디 머큐리가 에이즈에 걸린 사실을 아무에게도 알리지 않고 힘들 때마다 자주 찾았던 곳이다. 점점 건강이 좋지 않게 되자 그곳에서 생을 마감할 때까지 살았다. 매년 5월이면 몽뜨뢰에서 그를 기리고 에이즈에 대한 인식과 예방을 위한 자선행사를 연다. 행사 이름이 '하루 동안 프레디'라고 한다. 레만 호숫가에 그가 열창하는 모습의 동상이 세워져 있었다.

그림 같은 레만 호숫가에는 찰리 채플린의 실제 키만한 동상도 있다. 미국의 보수 세력이 그를 공산주의라고 누명을 씌워 추방하기에 이르렀다. 그는 이념적으로 중립국인 스위스에 정착하였다. 몽뜨뢰에서 가까운 브베에서 죽을 때까지 어린 부인과 25년을 살았다. 머큐리와 채플린은 명성을 얻었던 곳도 고국도 버리고 많은 상처를 안고 스위스로 왔다.

스위스에는 한국인이 이주해 사는 사람이 별로 없어, 한국에서 동행한 가이드가 현지 안내까지 맡아 했다. 짧은 이동 거리로 가이드의 개인적인 이야기를 들을 시간이 없었다. 마테호른을 보러 태쉬로 가는 중에 그가 자신의 이야기를 들려 주었다.

그는 학창 시절에 세계사와 역사를 좋아했던 40대 말 미혼녀다. 대학을 졸업하고 회사에 다녔는데 세계를 여행하고 싶은 꿈을 버릴 수가 없었다. 친구와 승무원 시험을 쳤는데 친구는 합격하고 그는 과체중으로 떨어지고 말았다. 친구는 세계를 누비는데 자기는 사무실에서 컴퓨터와 씨름을 하고 있자니 답답하기 짝이 없었다. 드디어 사표를 내고 여행사에 들어갔다. 여행이 적성에 맞아 현지 가이드 없이 유럽 쪽으로 다닐 수 있게 되었다.

가이드란 직업에 회의를 느낄 무렵 운동으로 시작한 사이클에 재미를 붙였다. 그날도 사이클을 신나게 타며 마지막으로 힘 있게 페달을 밟고 달렸다. 땀을 닦으러 뒤에 있는 수건을 꺼내려고 급브레이크를 밟고 허리를 뒤로 젖히는 순간 자전거는 멈추기는커녕 급발진으로 내달렸다. 몸이 뒤틀린 상태로 꼬꾸라지고 말았다.

심한 통증에 걸을 수조차 없어 병원 응급실로 실려 갔다. 발목의 아킬레스건이 끊어졌다는 것이다. 말로만 들었던 아킬레스건이 끊어지다니. 더 놀라운 것은 수술해도 한쪽의 근육이 짧아져 제대로 걷지 못하는 경우도 있다지 않는가. 영원히 정상적으로 걷지 못할 수도 있고 최하 6개월은 치료해야 걸을 수 있다는 사실을 알았다. 절름거리며 걷는 자신의 모습을 상상하며 하루하루를 침울하게 보냈다. 다시 여행가이드 생활을 할 수 없을 것 같아 더더욱 마음이 아팠다 한다.

이 소식을 전해들은 단골고객이 CD를 한 상자 구워 보내주었다. 이 상자의 CD를 듣다 보면 6개월이 훌쩍 지나갈 것이라는 쪽지도 들어 있었다. 클래식 음악을 그리 좋아하지 않는 그는 처음에는 고역스럽게 듣기 시작했다. 보내온 성의를 봐서 계속 듣다보니 음악이 마음속으로 들어와 안정이 되는 걸 느낄 수 있었다. 정말로 6개월 동안 그 음악을 다 듣고 나니 걸을 수 있게 되었다고 했다.

걷지 못하면서 마테호른을 사진으로 보며 다시 오르지 못할 것 같은 생각에 자기도 모르게 눈물이 나왔다. 완쾌 후 고객들과 마테호른을 다시 오르며 또 한 번 눈물을 흘렸다고 한다. 그는 수없이 보아 온 마테호른을 이렇게 벅찬 마음으로 바라본 적이 있었던가. 절망과 감격의 눈물은 똑같이 뜨거웠다는 말에 우리 모두 웃었다.

프랑스 말에 상처와 축복은 같은 어원으로 쓰인다. 상반되는 상처와 축복을 어떻게 같은 어원으로 쓸 수 있을까. 누구나 그 말의 뜻을 이해하지 못한다. 그는 병원에 있으니 억울한 생각에 안정을 찾기 힘들게 되고 마음은 피폐해져 갔다. 시간이 지나면서 차츰 무덤덤하고 평범했던 지난 일상이 행복이란 걸 알게 되었다. 그 후 조그마한 것에도 감사하는 마음이 생기기 시작했다. 몸의 상처를 치료하면서 응어리진 마음까지 치유가 되는 것을 알았다. 그것이 상처가 준 축복이 아닐 수 없지 않는가.

영국 시인 W. H. 오든은 "상처가 되는 경험은 우연한 사고가 아니라 자기 존재의 방향을 찾기 위해, 즉 삶을 진지하게 살기 위해 당신이 인내심을 갖고 기다려온 기회다."라고까지 했다. 지금 마음의 상처든 몸의 상처든 몹시 힘든 시간을 보내는 사람들에게는 어떤 말도 위로가 되지 못한다. 그러나 상처를 입었기에 얻을 수 있었던 마음의 변화는 언젠가는 축복이 되어 돌아오리라.

스위스에 정착한 머큐리와 채플린은 큰 상처를 안고 그곳으로 왔다. 그들은 거기에서 상처가 축복이 되는 것을 느끼며 생을 마감했으리라.

| 6부 |

샤갈의 색채

샤갈의 색채

거실에서 바라보는 하늘이 오랜만에 푸른색의 물감을 풀어 놓은 듯 맑고 선명하다. 하늘 아래 호수의 물빛은 하늘색보다 조금 더 짙은 푸른빛이다. 호수와 하늘 사이에 높지 않는 산이 있는데, 그 곳에 샤갈이 벨라를 감싸 안고 두둥실 떠 있는 모습이 보이는 듯하다.

얼마 전에 예술의 전당에서 마르크 샤갈 전을 보았다. 〈러브 앤 라이프〉라는 부제가 붙어 있고 그 밑에 "예술에도 삶에도 진정한 의미를 부여하는 색깔은 오직 하나이다. 그것은 사랑의 색이다." 라고 쓰여 있었다.

유대계 러시아인 샤갈은 풍경을 보더라도 그것을 분석해서 새롭게 배치해 현실에 존재하지 않는 샤갈만의 세계를 표현했다. 그는 꽃과 연인과 사랑과 꿈을 사랑했다. 아내인 벨라를 사랑했고 그 사랑을 그림으로 자주 그렸다. 만년에 '색채는 곧 사랑'이라는 철학으로 화면에 그만이 표현할 수 있는 색채를 이루어냈다.

“나는 그냥 창문을 열어두기만 하면 됐다. 그러면 그녀가 하늘의 푸른 공기와 사랑과 꽃과 함께 스며들어 왔다. 온통 흰색으로 혹은 검은 색으로 차려입은 그녀가 내 그림을 인도하며 캔버스 위를 날아다녔다.”

샤갈의 감성을 엿볼 수 있는 글이다.

〈나와 마을〉은 평생 그리워한 고향 마을의 풍경을 과거의 기억과 현재의 감정을 살려 시각적인 회화로 표현한 대표작이다. 색채는 그리는 순간의 감정에 힘을 실지만 추억으로 저장된 장면은 생각만으로 환각이 되는 것이었다. 떠오르는 마을의 이미지를 자유롭게 배치했을 뿐이라고 말하지만 그의 독특한 색채는 그림을 돋보이게 했다.

〈환영〉이라는 작품은 연인이 땅에 발을 디디지 않고 공간에 떠 있는데 화이트와 블루가 절묘하게 어우러져 있다. 〈에펠탑의 신랑신부〉도 옐로우와 블루, 그린의 묘한 조합이 환상적인 분위기를 자아냈다.

샤갈의 그림을 보면 화가의 자유로운 사고에 놀라지 않을 수 없다. 랭보의 표현처럼 “모든 감각들의 무질서”가 이루어낸 질서라 말하고 싶다. 샤갈의 블루, 샤갈의 옐로우, 샤갈의 그린과 레드라고 말할 정도로 그는 그만의 색채를 만들었다. 그의 색채에 종교적 의미를 부여하는 사람도 있지만, 그냥 그림으로 나타내는 색채로 보고 싶다.

샤갈의 그림에 자주 등장하는 흰 닭은 조국을 상징하고 천사는 벨라와의 사이에서 태어난 딸이라 했다. 그림의 줄기는 유대인으로서 정체성과 고향에 대한 그리움과 벨라를 향한 사랑을 많이 그렸다. 그런 것을 사랑이 담긴 색채로 표현하여 보는 사람들을 행복하게 해 준다. 샤갈의 청색을 과학적으로 분석한 결과 착각이 빚어낸 환상적인 마술이라고까지 말하는 이도 있다.

샤갈은 꿈의 세계를 그림에 옮겼다. 그것은 묘하게 어우러져 상상 속의 요소와 꿈의 세계를 환상적으로 표현했다. 보는 사람들을 몽환적으로 느끼게 만들었다. 샤갈의 그림에는 유대인으로서 겪여야 했던 애환과 전쟁으로 고향이 무너져 내리는 아픔이 들어있다. 그러나 그의 독특한 색채는 아픔을 사랑으로 보이게 했다.

전시실 마지막 방에는 구약성경의 대서사시를 이미지로 기록한 그림을 전시해 놓았다. 구약성경을 105가지 장면으로 뽑아 동판에 새기고 새겼다. 그 작업을 26년간 해서 완성했다. 79세가 되도록 105점을 다시 12점으로 압축해 성서 이야기로 마쳤다.

샤갈의 그림을 사진으로 봤을 때는 느끼지 못했던 살아있는 붓터치와 색채가 감동으로 다가왔다. 감동은 사람을 마비시키는 것일까. 한동안 주위를 돌아보니 온통 샤갈의 색채만 보이는 것이었다.

김춘수의 시 〈샤갈의 마을에 내리는 눈〉이 있다. 샤갈의 그림에는 그런 제목의 그림은 없다. 평론가는 이 시가 샤갈의 그림과 아무런 관계가 없다고 한다. 이 시가 말하는 샤갈의 마을은 시인의 상상 속의 마을이라고 했다. 그러나 샤갈 전을 보고 나오면서 그 시가 샤갈의 그림과 연관되지 않았을까 하는 의문이 생겼다. 샤갈의 색채에 우화적인 그림을 보면 시인이 아니어도 시를 쓰게 되고, 이야기꾼이 아니어도 이야기를 만들어 낼 것 같았기 때문이다.

요즘 나는 뒷산을 바라보며 어린 자작나무 사이로 하얀 말이 날아다니는 것 같은 상상을 한다. 새벽에는 비교적 우아한 자태가 느껴지는 고라니도 겅중거리며 산에서 내려와 호수에서 물을 먹고 간다. 뒷산에는 너구리도 살고 멧돼지도 산다. 그런 야생동물들을 생각하면 무서워야 하는데, 우리는 우리가 사는 방식대로 살고 동물은 그것들이 사는 방식대로 살면 아무 일이 일어나지 않는다. 오히려 우리가 깊은 산 속에 사는 것 같아 이웃과 동물들의 소식을 듣는 게 재미있다.

우리 집 뒷산을 샤갈이 본다면 그의 상상력으로 야생동물을 어떻게 구체적으로 배치해 환상적인 그림을 그렸을까. 샤갈 전을 보고 온 뒤부터는 집 앞을 봐도 뒷산을 봐도 샤갈의 색채가 덧칠한 듯한 자연을 보게 된다. 나의 상상력으로 자연에 샤갈의 그림을 흉내 내어보는 재미가 쏠쏠하다.

그림은 아는 만큼 보이는 것이 아니라, 그것을 보고 상상하는 만큼 보인다지 않던가. 상상으로 자연이 새로운 도화지가 되는 것이다.

흰색 풍경

새벽에 일어나 밖을 내다보니 안개가 가득하다. 마당에 서 있는 소나무만이 희미하게 보일 뿐, 주위가 짙은 안개에 싸여 있다. 자세히 보니 흰색의 기체가 넓은 공간에서 스멀스멀 움직이는 것이었다. 칠흑같이 어두운 밤에도 멀리 있는 불빛은 보이는데, 안개가 심하니 바로 앞의 불빛도 느껴지지 않았다.

소소한 풍경과 그것들이 나타내는 각양각색의 모양과 색깔을 안개가 다 덮어 버렸다. 눈은 아무리 많이 와도 나무는 나무로 보이고, 산은 산으로 보인다. 안개가 가득한 날은 아무것도 보이지 않고 주위가 온통 하얀색으로 싸여 있다. 낯선 세상에 온 듯했다. 그런 현상이 벌써 며칠째 계속되었다.

아침 일찍 볼일이 있어 집을 나섰다. 새벽보다는 안개가 많이 걷혀 천천히 차를 몰고 갈 수 있었다. 주위가 안개 속에서 서서히 드러났다. 그런데 나무마다 상고대가 달려 있지 않는가. 나무의 작은 가지와 큰 가지에 하얗게 쌀가루를 묻혀 놓은 듯했다. 상고대의 모습은 아름다웠다. 고산에서나 볼 수 있는 경치를 집 가까이에서 보자니 횡재를 만난 듯 황홀한 기분이 들었다. 약한 바람이 부니 가지들이 파르르 떠는 경이로운 모습도 놓칠 수 없는 풍경이었다.

나무 아래를 내려다보니 마른 풀에도 상고대는 내려앉았다. 마른 풀들은 산 아래에 뒤덮어 있어 산이 하얗게 보였다. 땅에는 서리가 내려 하얗고 대기 중에는 안개가 끼어 하얗다. 온 세상이 흰색으로 이루어져 있었다. 이 보다 더 아름답고 깨끗한 풍경이 있을까. 안개는 서서히 걷히는 중이고 상고대는 해가 뜨면 금방 사라져 버리니, 지금 상황이 애틋하고 귀하게 느껴졌다. 그 날 본 짧은 흰색의 천국을 쉬이 잊지 못할 것 같았다.

안개가 자욱한 날이면 〈무진기행〉의 윤희중을 만난다. 그는 제약회사의 전무로 진급을 앞두고 고향인 무진으로 내려가 안개 속으로 숨어들었다. 윤희중이 무진에서 하인숙과의 사랑을 맹세하다가 서울에서 온 전보를 받고 현실로 돌아온다. 그녀에게 쓰던 편지를 찢어 버리고 안개를 벗어나 서둘러 서울로 돌아가는 윤희중.

눈 내리는 날, 하염없이 내리는 눈을 바라보고 있노라면 눈이 연출하는 흰색은 무심이고 적막이다. 하늘에서 끝없이 내리는 눈을 바라보고 있는데 무슨 생각이 날까. 눈 오는 날은 혼자 있어도 심심하지가 않다. 내리는 눈을 바라보니 아무 생각이 없어 심심치 않은 것인지, 아니면 생각이 너무 많아 심심치 않은 것인지 알 수가 없다. 내 마음은 무심히 쌓여 가고, 세상에 소리는 아무것도 들리지 않는다. 하얀 눈이 세상의 소리를 덮어 버린 듯 적막하기 그지없다.

알맞게 내리는 눈은 깃털이 날리는 것처럼 보이기도 하고, 하얀 가루가 하늘에서 내려오는 듯도 하다. "눈이 녹으면, 그 흰빛은 어디로 가는가?"라고 셰익스피어는 물었다. 눈은 녹아버리고 그것을 눈치채는 사람은 아무도 없고, 녹아내린 눈은 흔적조차 남기지 않고 사라져 버렸다. 흰색의 눈이 정말 내리긴 한 것일까. 그 흰빛은 어디로 간 것일까. 사람들의 내면의 소리가 삽시간에 사라지는 것같이 흰빛은 없어지고 말았다.

하얗게 쌓인 눈을 보면 가와바타 야스나리의 〈설국〉이 떠오른다. 설국의 주인공 시마무라는 현실 속에서 자신의 자리를 지키다가 일 년에 한 번 설국에 들러 허무를 바라본다. 시마무라가 사랑했던 고마코도 설국에 봄이 오면 지난겨울의 눈이 되어 녹아 버린다. 윤희중과 시마무라는 현실의 도피처로서 내밀한 공간으로 찾아 가는 곳이 무진이고 설국이었다.

두 주인공은 현실을 벗어나 방황하며, 삶의 고독과 무상함에 대해 우리에게 말을 걸어오는 것 같다. 작가가 안개와 눈을 소재로 설정한 것은, 오래 머무르지 못하고 금방 사라지는 그것들의 속성을 허무와 관계 지었지 않았을까. 그래서 중년의 고독을 더욱 극명하게 그릴 수 있었던 것 같다.

주인공은 무진과 설국에서 찾는 것은 달랐지만, 동경하고 그리워하는 것은 닮았다. 그들은 그 안에 머무를 수가 없었다, 그 곳을 떠나지만 언젠가는 돌아가고 싶은 곳이 안개 속의 무진이고 눈 쌓인 설국이다. 그러나 그들에게 무진과 설국은 최종 목적지가 될 수 없었고, 현실이 될 수 없었다.

안개가 자욱한 날에는 윤희중을 생각하고, 눈이 많이 오는 날은 시마무라를 만난다. 나는 그런 날 그들과 몽환의 세계에서 허무한 인생에 대해 이야기 한다. 한치 앞도 보이지 않는 안개와 눈의 흰색은 잠시 머물다 사라져 버리는 게 같다. 몽환의 공간처럼. 우리네 인생처럼.

아, 흰색의 허망함이여!

자유와 평화를 얻다

양주에 있는 장욱진미술관에서 장욱진 탄생 100주년 기념 전시회가 열렸다. 한가한 날 전시장를 찾았다.

전시회장에 들어가니 먼저 눈에 띄는 그림은 〈거목〉이란 제목의 나무를 그린 것이었다. 커다란 고목에 잎은 하나도 없고 앙상한 가지만 그려져 있고, 가지 사이에 새집 세 개가 걸쳐 있었다. 다섯 마리의 새가 나무 위를 날고, 한 마리는 나무 중간쯤에서 비상하는 모습을 그렸다.

〈가로수〉라는 제목의 그림은 네 그루의 나무를 나란히 세모나게 그려 짙은 초록색으로 칠해 놓았다. 두 그루의 나무 위에다 집을 그렸고, 사람과 강아지와 소가 나무 사이에 있었다. 그림이 해학적으로까지 느껴질 정도였다.

두 작품만 보아도 장욱진 선생이 즐겨 그린 소재가 무엇인지 알 수 있었다. 평생 사랑했던 가족과 새와 강아지와 소, 나무와 산과 달을 그림의 소재로 즐겨 그렸다. 선생의 그림들을 보고 있으면 저절로 이야기가 엮어진다. 두런두런 개와 사람이 이야기를 나누고 있는 듯이 보였고, 까치가 나무와 이야기를 하는 듯이 느껴졌다. 보는 나도 그림 속의 소재와 이야기를 나누고 있었다. 장 선생의 그림은 주변의 복잡한 사물을 없애고 어린 아이가 그린 그림처럼 보였다. 그의 그런 그림은 너무나 단순해 생각을 분산시키지 않고 그림에 몰두하게 만들었다.

25여 년 전에도 장욱진 전시회를 본 적이 있다. 그때는 불심이 지극한 아내가 몹시 아프자 그를 위해 그린 그림을 전시했었다. 경문을 붓으로 베끼는 사경(寫經)을 아내에게 권하면서 시범을 보이기 위해 그렸다. 그것이 우리 눈에는 '붓장난'을 한 것처럼 보여, 보는 사람들의 마음까지 편안하고 푸근하게 했다.

20세기는 서양의 문화가 우리나라를 뒤흔들었다. 그런 시기에 장 선생은 그림으로 철저하게 우리의 문화를 지켰다. 늘 "나는 심플하다."고 말하는 것은 나를 지키기 위한 방패막은 아니었을까. 그림을 그리는 사람, 장욱진 선생은 자신과 사람들이 어렵고 힘든 삶을 사는 모습을 보면서 그림을 그렸다. 진리는 어렵지 않고 간단하다고 하지 않는가. 그것을 알기까지는 복잡하고 혼란스러운 시기를 거쳐야 한다.

심플하다고 말하기까지 선생의 마음은 얼마나 복잡하고 혼란스러운 상태였을까. 장욱진은 힘든 시기를 거치면서 얻은 답이 그림은 쉬워야 하고 누구나 공감할 수 있어야 한다고 생각한 것이리라. 평생 큰 캔버스를 써 본 적이 없었다. 나이를 물으면 "나는 일곱 살이지" 하셨다. 심플하다고 말할 수 있는 것은 도인의 정신 세계에서나 나올 수 있는 것이라 여겨진다. 전시된 그림을 보는 내내 사람들의 입가엔 미소가 떠나지 않았다. 큰 사이즈의 그림이 없어 그림 앞에서 위압감을 느끼지 않아도 되었다.

그림 앞에서 저 그림은 무엇을 그린 걸까. 저 그림은 무엇을 말하려 하는가를 고민할 필요가 없었다. 너무 쉬워서 그냥 보면 되는 그림들이다. 그의 그림은 어른과 아이가 머리를 굴리지 않고 봐도, 그림을 이야기하며 즐거운 마음으로 친근하게 함께 웃을 수 있었다.

생전에 선생은 복잡한 도시는 싫어했다. 고요와 고독 속에서 그림을 그린다는 그는 자연의 작은 변화도 놓치지 않았다.

"회색빛 저녁이 강가에 번진다. 뒷산 나무들이 흔들리는 소리가 들린다. 강바람이 나의 전신을 씻어준다. 석양의 정적이 저 멀리 산기슭을 타고 내려와 수면을 쓰다듬기 시작한다."

4,5매 정도의 짧은 글을 신문에 실은 일부를 봐도, 자연을 가까이하며 섬세하게 들여다보았다. 그는 그림을 그리면서 서울서 멀리, 더 멀리 시골로 이사다녔다.

어느 화가는 그림이란 자아의 순수한 발현이어야 한다고 했다. 장 선생의 그림을 보면 순수한 그의 마음이 화폭에 그대로 옮겨졌다. 보는 사람마다 나도 저렇게 그릴 수 있다는 생각에 기분 좋게 그림을 감상한다. 그렇지만 초보자가 선생의 그림처럼 단순하게 그리면 유치해서 볼 수가 없다. 그가 그리는 그림은 모든 것을 배우고 익히고 혼돈의 경험을 겪은 뒤에야 가능하다. 그리고 그것들을 소화해 버린 후에 나올 수 있는 것이지 않는가.

장욱진 선생을 가까이에서 지켜본 제자는 "선생은 회화를 종교로 여기며 생활하는 듯이 보였다. 갈수록 자유롭고 정신이 깊어가며 평화로워졌다."라고 말했다. 나이 들어 누구나 바라는 자유와 평화를 오직 그림만 그린 선생은 그림으로 얻은 것이다. 사람이 온 힘을 다해 한 가지만 믿고 온전히 정진하면 나이 들어 정신적인 자유와 평화를 얻을 수 있을까.

그날 나는 그림만 감상하고 온 것이 아니라, 도인의 뜰에서 마음껏 놀다 온 기분이 들었다.

마음에 있어야 보인다

평소 가깝게 지내는 몇 집 부부가 치악산에 갔다. 정상까지는 못 가도 산 아래에서 높은 산의 정기라도 받자며 가벼운 마음으로 떠났다. 치악산 아래에는 둘레길이 있었다. 그 길을 걸으며 울창한 숲과 맑은 계곡과 산을 품은 넉넉한 자연을 마음껏 누렸다.

남자들은 오를 수 있는 곳까지 올라갔다 온다며 산으로 들어갔다. 그냥 그 자리에 변함없는 모습으로 변화하는 산이 언제 보아도 외경스럽다. 여기까지 왔으니 가는 길에 원주에 있는 박경리문학관에 들르자고 했더니 싫다는 사람은 없었다. 새로 지은 문학관을 일행에게 보여주고 싶어서였다.

문학관 앞에 차를 주차하니 일행 중 몇 명은 들어가고 싶지 않은 눈치였다. 문학관을 한 바퀴 휘 둘러보고 아무 반응이 없는 것을 보니 관심과 재미가 없는 모양이었다. 나는 지난번에 와서 둘러본 뒤라 그들과 함께 아무 말 없이 따라 나왔다. 박물관 옆에는 생전에 박경리 선생이 사셨던 집이 있다. 그 집도 한 바퀴 도는데 시간이 걸리지 않았다.

나는 그곳에 세 번째 들렀다. 처음과 두 번째는 문학 모임에서였다. 처음 갔을 때는 토지문학관에 계셨던 박경리 선생을 어렵게 만날 수 있었다. 토지문학관은 글을 쓰는 사람들에게 글을 쓸 수 있는 공간을 마련해 놓은 곳이다. 마지막 남은 생을 환경을 위하는 일과 이 땅의 생명을 지키는 일을 실천하고 계셨다. 쓰레기 한 점 집 밖으로 내보내지 않으셨다. 땅속에 살아있는 생명에 대한 애착도 크셨다. 먹거리는 농사를 지어 해결하셨다. 걸음도 부축 없이는 걷지 못하는 선생은 환경과 생명에 관한 이야기를 하실 때는 목소리에 힘이 있었다.

그때 일행은 토지문학관에서 좀 떨어진 원주 시내에 있는 박경리 선생이 사셨던 집을 둘러보았다. 마당에 있는 돌 하나도 그냥 지나치지 않았다. 여기에 서서 무엇을 바라보았을까. 어떤 생각을 하셨을까. 그가 밟았을 그 길을 선생을 가슴에 품고 걷지 않았던가. 박경리 선생은 26년 동안 집필한 5부로 되어있는 20권 분량의 대하소설 ≪토지≫는 현대 문단에서 가장 빼어난 작품으로 주목받았다. 그것만으로도 존경하지 않으래야 않을 수 없는 인물이지 않은가.

잡초 한 포기도 생전에 선생의 손길이 닿았을 것이고 그때 미처 못 뽑아 살아난 풀이지 않은가. 꽃 한 송이도 생전의 선생이 보셨던 꽃이 아니던가. 선생이 지은 시를 마당 곳곳에 걸어 놓았다. 시를 읽으며 그 순수함에 마음이 얼마나 맑았던가. 새로 지은 문학관이 생기기 전에 25년간 사셨던 집을 둘러보았을 때에 받았던 잔잔한 감동을 잊을 수 없다. 누구보다 지난했던 세월을 보냈던 그는 텃밭에서 농사를 지으며 진심으로 땅을 사랑했다.

"자연은 언제 나를 이렇게 단단하게 치유시켰을까. 내 뜰에는 햇빛이 가득하다." "내 뜰은 생명으로 충만하다."며 크지 않는 뜰을 거닐며 행복해 하셨다. 자연을 가까이하며 글을 쓰며 생활 하신 생전에 선생의 근황이 그대로 드러났다.

고양이와 닭과 개를 사랑해 그것들에게 밥 주고 물 주는 일로 일과를 시작하셨다. "나는 글을 쓸 때, 바느질할 때, 텃밭에 있을 때에 살아 있음을 느낀다."

그 말씀에 가슴이 뭉클할 만큼 공감이 갔다. 감히 나도 정원을 가꿀 때와 한 편의 글이 완성되었을 때, 서툰 솜씨지만 잘못된 물건을 내 손으로 손보았을 때 생동감을 얻고 적잖은 기쁨을 느꼈지 않았던가.

소박하고 검소하게 사셨던 모습을 보여주는 거실과 방을 둘러보았다. 내면의 고통을 문학으로 승화시킨 선생의 고뇌가 단아한 살림살이에 묻어 있는 듯했다. 문학회 회원들은 집 구석구석을 돌아보며 그분의 체취를 느끼려 애를 쓰며 애틋한 마음으로 방을 둘러보았었다. 작가의 흔적을 통해 더 깊은 사유를 얻으려는 회원들의 눈빛을 읽을 수 있었다.

눈은 그냥 창문일 뿐인가. 마음에 없으면 보아도 보이지 않고, 마음이 열려 있지 않으면 보이지 않는다는 것을 글로 읽기는 해도, 오늘 그 사실을 느끼게 되었다. 이번에는 산에만 갔어야 했다.

신문에 어느 문학관을 소개하며 이런 글을 써 놓았다.

"그의 팬이거나 문학 애호가라면 한 번 들러 볼 만하다."

취미도 다르고 문학에 별 관심도 없는 친지들을 데리고 문학관에 갔으니 그들은 무슨 재미가 있었을까. 모든 것은 마음에 있어야 보이는 것을.

압생트

19세기와 20세기 초에 걸친 서양 미술계 거장들을 다룬 책을 읽었다. 그들은 고리와 고리로 연결되듯, 서로에게 직간접적으로 영향을 주고받으며 화풍의 변화를 이루어 왔다. 우리가 천재 화가라고 알고 있는 사람도 다른 화가의 화법을 기웃거려, 영감을 얻어 자신의 것으로 담아내었다. 그 시대의 화가들은 주옥같은 명작들을 남겼다.

그 무렵 압생트라는 술이 대 유행을 하였다. 그림을 봐도 피카소의 〈압생트를 마시는 사람〉, 드가의 〈압생트 한 잔〉과 마네의 〈압생트를 마시는 남자〉가 있다. 라파엘라의 〈압생트를 마시는 사람〉과 고흐의 〈압생트가 있는 정물〉, 로드렉이 그린 〈고흐의 초상〉은 탁자 위에 압생트가 놓여 있는 그림이다. 압생트가 얼마나 그 시대 예술인에게 깊숙이 파고들었는지 알 수 있었다. 대체 압생트가 어떤 술이기에 그토록 폭발적인 인기를 얻었을까.

체질적으로 나는 술을 못 마신다. 술이 주는 장단점을 객관적으로만 볼 수밖에 없다. 우리 가족은 나만 술을 마시지 못하지, 남자들은 물론이고 며느리와 딸도 즐기는 편이다. 그들이 술에 취해 나누는 이야기를 맨 정신으로 들으면서 술이 주는 강한 힘을 느낄 수 있었다.

술을 적당히 마시면 기분이 좋아져 말이 없던 사람도, 서로 속 이야기를 주고받으며 친목을 다졌다. 문제는 도를 넘어 마시는 데 있다. 자신을 주체하지 못하고 횡설수설 하는 모습은, 술을 안 마신 내가 보기엔 술이 주체인 사람을 지배하는 것처럼 보였다.

압생트는 알코올 도수가 40에서 80퍼센트의 독한 술이다. 잡초처럼 아무데서나 잘 자라는 향쑥이라는 허브가 주원료다. 우리나라의 소주처럼 값이 저렴하면서, 회향과 아니스 같은 허브를 첨가해 독특한 향으로 애주가를 사로잡았다. 압생트를 담은 술잔에 약간의 설탕을 뿌리고 물을 한 방울씩 떨어뜨린다. 압생트는 희뿌연 연기를 머금고 에메랄드그린으로 변하는 것이었다. 싼 값에 감성과 예술적인 영감까지 얻을 수 있는 술이다. 1805년에 처음 나온 신비의 술은 '녹색요정'이라는 칭호를 받으며 파리지앵의 마음을 빼앗아 갔다. 소비량이 엄청나게 늘어나서 당시 파리 시내 대로변에는 압생트 냄새가 진동했다 한다.

시인 랭보는 압생트를 "푸른빛이 도는 술이 가져다주는 취기야 말로 가장 우아하고 하늘하늘한 옷이다."라고 읊었다. 오스카 와일드는 압생트를 마신 뒤 바닥에서 튤립이 피어나는 것을 보았다고 했다. 이 술의 찬사는 끊이지 않았다. 유명 화가들은 물론이고 보들레르, 모파상, 헤밍웨이 같은 문인들도 즐기는 술이었다. 압생트가 가진 빛과도 같은 이야기다. 모든 술이 그렇지만 압생트도 좋은 점만 가지고 있는 것이 아니었다.

빈센트 반 고흐가 파리로 간 1888년은 압생트의 인기가 극에 달했던 시기다. 2년 동안 파리에 머무르며 그림에 몰두한 그는 압생트에 빠져들었다. 그 후 알코올 중독으로 만신창이가 된 고흐는 남프랑스 아를로 향했다. 압생트의 산지인 아를에서 그는 불멸의 작품을 그려냈다. 그런데 그때 그린 풍경 그림과 카페 그림, 정물까지 노란색 일색이었다. 고흐는 아를에서도 녹색요정과 함께였다. 매일 마시고 마셨다.

압생트의 그림자는 고흐를 통치하기 시작했다. 압생트가 품고 있는 '산토닌'이라는 물질은 과다 복용시 부작용으로 황시증이 나타난다는 것이다. 보이는 것은 모두 노랗게 보이고, 노란색은 더욱 샛노랗게 보이는 중독 증세가 고흐에게 나타났다. 그 술이 가진 또 하나 저주의 물질은 '튜존'이었다.

튜존은 뇌 세포를 파괴해 정신착란증과 간질발작을 일으키는 무서운 것이다. 그 무렵 스위스에서 압생트에 중독된 한 남자가 일가족을 살해하는 참사가 일어났다. 압생트 때문에 사건사고가 끊이지 않았다. 스위스는 1910년에, 프랑스는 1915년에 압생트의 제조와 판매금지령을 내리게 되었다.

고흐는 이미 녹색요정에게 심신을 제대로 빼앗겼다. 정신착란과 귀를 막아도 들리는 환청으로 자신의 귀를 스스로 자르는 일까지 저질렀다. 자른 귀를 손수건에 싸 매춘부에게 가져다주고 별일 없었다는 듯 잠을 잤다. 고흐는 압생트의 노예로 전락했다.

후세 사람들은 압생트가 고흐의 영혼을 갉아먹었지만, 그 덕분에 이글거리며 타오르는 노란색의 그림을 볼 수 있다고 했다. 고흐는 술을 멀리하기 위해 스스로 정신병원에 들어갔다. 그 때 그린 몇 점의 그림은 노란색을 쓰지 않았다.

누구나 다 아는 파스칼의 명언이 있다. "인간은 자연 가운데서 가장 약한 한 줄기 갈대에 불과하다. 그러나 그는 생각하는 갈대다." 파스칼의 말대로 사람의 정신은 약하다. 그래서 끊임없이 현재와 미래에 대한 불안한 생각에 시달리며 살고 있다. 그럴 때 술이 주는 알맞은 취기는 삶에 윤활유가 되겠다. 압생트도 적당히 마시면 기분 좋은 취기에 예술적 영감까지 얻을 수 있다지 않았는가.

술에 대한 글을 쓰다 보니 못 마시는 나도, 예술인들이 그토록 열광했던 압생트의 냄새라도 맡아 보고 싶어졌다. 압생트를 물로 희석해서 레몬 한 조각을 띄워 한 모금 마셔보고 싶은 강한 유혹도 느껴졌다.

마음의 나이

사람은 세 가지의 나이를 먹는다. 누구나 먹어야 하는 신체의 나이와 사회에서 적응하고 경험해서 얻는 사회적 나이다. 그리고 마음의 나이로 나누어 생각할 수 있다는 짧은 글을 읽었다.

신체의 나이는 숫자로 세기도 벅찬 나이가 되었다. 젊었을 때 절세의 미인도 세월의 흔적은 어쩔 수가 없다. 세월이 주는 나이는 누구나 공평하게 똑같이 겪는 일이다.

니체는 서술했다. 누구나 삶이란 무거운 짐을 짊어지고 복종하며 사막을 걸어가는 낙타의 단계를 거친다. 세상의 문제와 저항하는 사자의 단계로 진입하는 시기를 나이 40으로 생각했다. 낙타의 단계는 왜 짐을 짊어져야 하는지 심지어 왜 살아가야 하는지도 모른 채 살아간다.

사자의 단계는 의욕의 상징이며 자율의 상징이다. 사자는 자신이 무얼 해야 하는지 분명히 알고 자유로운 선택에 따라 행동한다. 40쯤이 되면 앞만 보고 달려온 삶에 한숨을 쉬고 돌아볼 수 있는 시기가 아닐까 생각한다. 그때가 되면 사회에서 자기의 몫이 확고해질 무렵이다.

사회에서 연륜도 생기고 지위도 높아지면 마음의 나이가 작용한다. 신체의 나이와 마음의 나이는 똑같을 수는 없다. 대학교수가 성추행으로 제자들이 고소하는 일이 드물지 않다. 마음의 나이가 사회적 나이와 신체의 나이에 따라 주지 않아서 생긴 것이라 여겨진다.

사람들은 나이가 들수록 마음은 젊게 가져야 한다고 한다. 마음을 젊게 한다고 행동이 경박해지면 안 된다고 생각한다. 긍정적인 생각과 마음을 늘 밝게 가지면 몸은 비록 늙었지만 삶에 활기가 넘칠 것이다. 젊은이와 격의 없는 대화도 나눌 수 있는 지식을 쌓는데도 게을리 할 수 없다. 몸은 마음을 담는 그릇이지 않는가. 건강도 음식과 운동이 차지하는 부분보다 마음을 잘 다스려야 몸이 건강해지는 확률이 훨씬 높다.

고위 공직에 있었던 사람이 골프장에서 캐디에게 추태를 부렸다는 기사를 읽었다. 모든 공직에서 물러나고 연세도 많으신 분들이 마음만은 이팔청춘인 듯 행동하는 것도 마음의 나이를 조절하지 못해 일어난 것이리라. 니체는 낙타의 단계를 거치고 사자의 단계를 경험한 후 순진무구한 어린아이의 단계로 들어 올 수 있다고 말한다. 또 삶을 유희로 여기는 '아이'의 단계를 거쳐 완숙한 삶을 이어간다고 했다. 여기서 '아이'의 단계는 어린아이 같은 순진함을 말한다. 자신이 쌓아올린 세계에서 창조적 유희를 즐길 수 있는 사람. 아이처럼 모든 것으로부터 자유롭게 생각하고 비판할 수 있는 사람. 그러나 그들은 말 그대로 삶을 유희로 여기는 아이의 단계로 되돌아 간 것은 아닐까.

아무리 나이를 먹었다 해도 마음 씀씀이가 그를 따라 가지 못하는 사람을 보고 마음의 나이가 어리다고나 해야 할까. 공부를 많이 해서 학식이 넓은 사람과 사회적인 직위가 높은 사람이라도 마음씀이 학식과 지위를 따라 가지 못하면 존경받는 사람이 못 된다.

나는 어떨까. 신체의 나이는 적게 보이고 싶고, 사회적 나이는 주부로 살다보니 누구 엄마로 불리는 일이 더 많았으니 나름 할 수가 없다. 요즘 sns에 떠도는 글 중에 이런 것이 있다. 나이가 들면 신체는 의사에게 맡기고, 목숨은 하늘에 맡기고 마음은 스스로가 책임져야 한다는 것이다. 내가 끝까지 다스려야 하고 잊지 말아야 할 것이 마음이라는 것을 확인시켜 주었다.

순수한 맛에 사랑받는 보드카도 더함과 빼기를 거듭해 탄생했다. 곡물을 발효시켜 원주를 만들어 증류를 해 보았다. 온갖 불순물이 섞여 냄새가 역해서 마실 수가 없었다. 여러 가지 향을 첨가해 역한 맛을 없애려는 시도를 했다. 바닐라 향에서 고추까지 넣어 봤지만 허사였다. 여러 번 시행착오를 거듭하다 자작나무 숯에 증류수를 여과해 보았다 한다. 더하기만 하다가 빼는 방법을 취하니 불순물이 빠져나가 사람들이 좋아하는 순수한 맛의 보드카를 얻게 된 것이다.

젊었을 적에는 무엇이든지 채우기 위해 살았다. 채울 것이 너무 많아 마음이 편할 날이 없었다. 늙으면 채우려고 애썼던 것으로부터 벗어나 비우면서 마음의 나이를 먹자. 순한 그늘을 찾아가서 쉬고 조촐함에서 기쁨을 느끼고 싶다. 마음의 나이는 보드카의 순수한 맛을 얻었을 때처럼 더하기가 아니고 빼기가 되어야 얻을 수 있는 것이라 여겨진다.

내가 아는 내 모습

잡지에 글과 함께 보낼 사진 한 장이 필요했다. 날씨가 쾌청한 날 남편한테 카메라를 준비시키고 나는 머리와 화장을 고쳤다. 몇 장을 찍었지만 맘에 드는 것이 없었다. 잘 찍은 사진을 내가 생각한 모습이 나오지 않자, 괜히 트집을 잡고 있었다.

요즘은 사진 찍기가 싫다. 내 모습과 너무나 다른 사람이 사진 속에 있기 때문이다. 나이 들고 개성 없는 할머니의 모습이랄까. 사진 속의 나는 지금의 내가 그대로 나타나는데, 왜 낯설게 느껴지는 것일까. 내가 생각하고 있는 내 모습은 대체 어떤 모습인지는 나 자신도 잘 모르겠다. 자아는 관념으로 이루어지는데 그것이 지나치면 망상이 된다지 않던가. 그러면 내가 생각하는 내 모습은 망상속의 모습일까.

나는 내 안에 들어 있는 또 다른 나와 끝없이 싸우고 있다. 더 노력하며 살려는 나와 이제 그만 됐다는 나, 배가 불러 그만 먹어야 된다는 나와 더 먹고 나서 후회하는 나를 비웃는 내 안의 나와 자주 부딪친다. 외출할 때도 무슨 옷을 입을까를 놓고 또 다투기 시작한다. 그를 만날까 말까 물건을 살까 말까 하는 싸움은 수시로 한다. 이쯤 되면 나의 적은 내가 아닌가. 나이가 들어갈수록 내가 타인과의 관계보다 나와의 관계가 더 어렵다는 생각이 들기 때문이다.

어느 심리학 교수는 "시간이 지나면서 얼굴에 그간의 경험들이 녹아들어 반영된다."라며 우리가 표정을 짓지 않아도 얼굴에 세월이 담긴 흔적이 있다고 했다. 그러면 내가 원하는 표정 하나도 사진 한 장으로 바뀌는 것이 아니고 내가 살아온 세월이 만든 얼굴이지 않는가.

어느 날 무심코 본 거울 속에 비친 내 얼굴이 낯선 사람과 마주한 느낌이 들 때가 있다. 나는 내 얼굴이 어떤 모습인지 거울을 들여다보지 않을 때는 생각이 잘 나지 않는다. 내 얼굴은 내 것이 아니라 남의 것이란 말이 맞는 것일까. 눈만 뜨면 보는 남편과 아이들과 친구들의 얼굴은 잘 알겠는데 내 얼굴이 금방 떠오르지 않는 현상이라니.

자기 얼굴은 거울 속이 아니면 볼 수가 없으니 아이러니하게도 누구나 자신의 얼굴에 그렇게 친숙하지가 못하다. 거울 속에 비친 내 모습은 나의 참모습이 아니다. 세수를 하고 난 뒤나 화장을 하기 위해 거울을 보는데 그 때는 내 자신에게 잘 보이기 위해 맑고 예쁜 표정을 지으며 거울을 본다. 그래서 우연한 장소에서 거울 속에 비친 무표정한 내 모습이 낯설어 보이는 게 당연하다는 생각이 든다.

자화상을 유난히 많이 그린 두 화가가 있다. 고흐와 멕시코의 여류화가인 프리다 칼로다. 두 화가의 공통점은 삶이 처절하리만치 고난의 연속이었다는 점이다. 생전에 40여 점의 자화상을 그린 고흐는 모델을 살 돈이 없어 자기 얼굴을 그렸다지 않은가. 그는 자기 얼굴을 정확히 알고 있었을까. 사진보다도 더 내면의 암울한 감정을 잘 표현한 자화상이 고흐의 그것이다.

고갱이 떠난 후 발작적으로 오른쪽 귀를 자르고 붕대를 감은 고흐의 모습은 사람들을 빨아들이는 마력이 있었다. 고뇌에 찬 자신의 모습을 여러 장의 자화상으로 잘 나타냈다. 고흐는 동생 테오에게 쓴 편지에, 내 속에 숨겨져 있는 자신의 가치를 끌어내려 노력하며 그림을 그린다고 했다.

프리다 칼로는 “나는 결코 꿈을 그리는 것이 아니다. 난 나의 현실을 그릴 뿐이다.”라며 불행한 삶을 극명하게 나타낸 그림을 그렸다. “나는 나를 그린다. 나는 너무 자주 외롭고 내가 가장 잘 아는 주제가 나이기 때문이다.”라며 자화상을 많이 그렸다.

고흐와 프리다 칼로는 역경의 삶을 살면서도 자신을 가장 사랑하지 않았나 싶다. 보통 사람들은 행복한 모습의 자화상을 그렸을 것이다. 두 화가는 고뇌에 찬 진실된 삶을 그대로 드러낸 자화상을 그렸다.

고흐와 프리다 칼로는 불행을 진실하게 바라보고 고난과 치열하게 싸우며 살았기에 삶을 예술로 승화시킨 사람들이지 않는가.

그들의 자화상을 보면 나를 돌아보고 나답게 살려고 노력하게 도와준다. 나는 나에게 얼마나 정직했는가. 얼마나 치열하게 삶을 살았는가.

그까짓 사진 한 장이 무엇이라고 화장을 하고 옷을 매만지고 헛된 웃음을 짓고 있었을까. 내가 아는 내 모습은 대체 어떤 모습이며 나는 어떤 모습을 바라는 것일까.

수필쓰기의 기본을 생각하다

수필을 알게 되다

학창 시절에 나는 문학소녀도 책을 그다지 많이 읽지도 않았다. 나이 40이 되고 큰아이가 중학교에 들어가니 집안일에서 해방된 기분이 들었다. 평소에 글 쓰는 일에 도전해 보고 싶은 마음이 있었던 터라, 1989년 3월에 한국일보 문화센터를 찾았다. 직원이 권하는 대로 개설한 지 한 학기가 되었다는 산영재 선생님의 수필반에 등록을 했다. 아직 회원이 몇 명 되지 않아 글공부를 알차게 할 수 있었다.

글 한 편 내고 합평을 받는 날은 눈물이 날 정도로 선생님의 혹독한 평을 들었다. 40대 중반이셨던 선생님의 열정적인 이론 강의와 카리스마 넘치는 합평은 회원들에게는 다시없는 공부가 되었다.

선생님은 좋은 수필을 쓰기 위해 좋은 수필 읽기를 권장하였다. 어느 출판사에서 나온 문고판 에세이 50여 권을 구입해 읽었고,

김태길 김시헌 박연구 윤모촌 선생 등 많은 원로분들의 단행본은 빼놓지 않고 읽었다. 그때 읽은 책들이 수필을 쓸 수 있는 기본 토양이 되지 않았나 싶다.

원로분들의 글은 문장에 군더더기가 없고 뜻이 깊고, 글을 쓰는 의도랄까 주제가 들어있는 글이 대부분이었다. 문장에 수식과 분식은 거의 없었다 해도 틀리지 않았다. 나도 그렇게 쓰도록 노력했고 그런 글을 좋은 글이라 생각했다.

처음 몇 년 동안은 내 글이 잘 쓴 글인지 잘못 쓴 글인지, 잘잘못이 전혀 보이지 않아 안개 속을 헤매는 것 같았다. 그 후 초회 추천을 받고 나니 신기하게도 내 글의 결점이 눈에 띄기 시작했다.

〈좋은 글을 생각하다〉

그때 가르침은 주제가 있는 글과 해학적인 글과 서정적인 글을 좋은 글이라 분류하고 특히 강조한 부분은 주제가 있는 글이었다. 그 중 잊히지 않는 것은 서울에서 부산을 가는데, 어떤 사람은 대구도 들러서 가고 어떤 이는 대전을 돌아보고, 다른 사람은 시골길도 가보고 부산에 도착한다고 했다. 소재를 정하면 한 가지를 가지고 부산으로 바로 가야지 여기저기 둘러 가면 글이 산만해져 주제를 살리기 어렵다고 하신 말씀이 글을 쓸 때면 늘 귓가에 맴돈다.

글의 일반화는 주제를 살리기 위해 필요하다. 처음에는 소재를 나열하고 마지막에 일반화를 시도하며 주제를 살리려 애를 썼다. 그런데 그 수법이 자연스럽지가 못할 때가 많았다. 수필을 어느 정도 쓰다 보면 일반화 과정에 크게 신경을 쓰지 않아도 주제를 살리며 글을 쓸 수 있게 된다고 생각한다. 일반화 과정을 드러내지 않아도 주제를 살릴 수 있고 독자의 공감도 얻을 수 있다. 주제가 있는 글이 곧 철학적인 글이다.

예를 들면 제 졸작 〈산이 옷을 벗다〉는 쉽게 주제를 연결할 수 없었던 글이다. 집을 감싸고 있는 산에 숲을 이룬 나무를 어느 날 베어내었다. 소재는 산림청에서 나무를 베고 얼마 지나지 않아 쓰게 되었는데 마땅한 주제가 떠오르지 않았다. 그 전 해 가을에 나무를 베었는데 다음해 여름에야 주제가 생각났다.

산은 여태까지 나무라는 옷을 입고 있었다. 나무는 계절이 바뀌면서 다른 색의 옷으로 아름답게 바꿔 입었다. 그러면 사람들은 산이 아름답다고 찬사를 아끼지 않았다. 이제 보니 나무는 산이 아니지 않는가. 〈생략〉

요즘은 옷을 벗은 산을 제대로 볼 수 있다. 믿음직스럽고 의연했다. 산은 이제 아무 여한이 없는 듯 보였다. 〈생략〉

그런 산을 보고 있자니 산은 부모요 나무는 자식 같다는 생각이 들었다. 세상의 부모는 모든 것을 자식에게 내어 주었다. 산에 뿌리를 내리고 사는 나무처럼 자식들은 부모라는 산에 뿌리를 내리고 살았다. 〈생략〉

아마 주제가 아직까지 떠오르지 않았다면 이 원고는 컴퓨터에 저장된 채 미완성이 되었을 것이다.

졸작 〈침입자〉를 보면 처음에 글을 쓸 때는, 우리 집에 무단 침입해 우리와 같은 공간에 사는 개구리와 벌과 뱀 등을 침입자로 생각했다. 그런 진부한 소재로는 좋은 글이 될 수 없었다. 그냥 묵히다가 문득 '그래 우리도 그들에게 침입자가 되겠구나.' 라는 생각이 떠올랐다.

아, 뱀에게는 우리가 침입자였구나. 애초에 이 땅에는 뱀이 우리보다 먼저 자리를 잡고 살던 곳이 아니었던가. 내가 뱀이 나올까 두려운 마음처럼 뱀도 사람이 두려운 침입자일 뿐이지 않는가.

생각의 반전에 글을 마무리할 수 있었고 좀 더 나은 글이 되었다.

글이 작품성을 얻지 못하는 것은 주제를 잘 살려 내지 못했기 때문이라 생각한다. 그래서 소재에서 주제를 찾으려고 힘쓰고 그것이 안 되면 오래 두고 고민을 한다.

소재 찾기

아무 것이나 글감이 될 수 없으니 좋은 소재 찾기란 무척 어렵다. 삶의 희로애락이 들어있는 소재는 소재만으로도 글 한 편이 완성될 수 있다. 수필의 소재는 거창한 소재보다 주로 일상의 소소한 것이니 거기에서 주제로 삼을 만한 걸 끄집어낸다면 더 좋은 소재는 없다. 어느 날 무심히 바라본 풀 한 포기에서 충동이 올 수 있고, 책을 읽다가 이거다 하는 글의 소재를 발견할 수 있다. 그럴 때는 금방 메모를 해 놓아야 잊어먹지 않는데, 나는 그걸 놓칠 때가 더러 있었다. 예전에는 소재 찾기를 게을리하지 않았는데 요즘은 노력하지 않으니 소재 찾기도 쉽지 않다.

좋은 소재라 생각하고 글을 쓰다보면 주제가 잡히지 않아 버린 글도 있고, 그저 그런 소재인데도 글을 써보면 괜찮은 주제가 떠오를 때도 있다. 소재와 주제의 연결이 자연스러우면 최고의 소재가 된다고 생각한다. 수필 쓰기는 소재 찾기에서 시작된다.

문장에 대한 제 생각

문장은 간결하면서 함축성이 있어야 하고 쉬우면서 깊은 뜻을 담고 있어야 한다. 앞의 문장을 뒷 문장이 감싸듯 연결되는 것이 글이 자연스럽게 읽히지 않을까 생각한다. 여러 번의 퇴고로 그런 문장을 만들려고 노력한다. 많은 수식어와 화려한 문장으로 오묘모호한 글을 좋은 글로 생각지 않는다. 쉬운 문장으로 써서 쉽게 읽힐 수 있는 글을 쓰려고 노력한다. 글을 쓸 때 문장은 구체성을 가지고 표현해야 사람들의 마음에 다가갈 수 있고, 공감대를 형성한다. 처음에 내가 쓴 글의 문장은 너무 건조하다는 평을 자주 들었다. 표현을 좀 더 구체적으로 하고부터 그런 소리를 듣지 않게 되었던 것 같다.

퇴고

소재에 맞는 것 같아 이것저것 짜깁기해서 글 한 편을 써 놓는다. 그 뒤 시간이 날 때마다 그 글을 들여다본다. 내가 보아도 처음에는 형편없는 글이다. 그 글에 서서히 손을 대기 시작한다. 나무로 치면 가지치기를 하는 것이라 할 수 있다. 나무의 모양을 망가트리는 가지, 꽃이 피고 열매를 맺는데 지장을 주는 가지는 가차 없이 쳐낸다. 어떨 때는 너무 많이 쳐 내어 분량이 반으로 줄어들기도 한다. 이제 다시 주제를 살리면서 살을 붙여 나간다. 그리고 군더더기는 없는지 겹쳐지는 단어는 없는지 어미가 중복되는 부분은 없는지 살핀다. 나는 글을 급하게 쓰지 못한다. 묵혀서 보고 서두르지 않고 퇴고를 하기 때문이다.

그리고 재미있는 글

어느 세프가 신문의 한 면을 다 차지할 정도로 짬뽕 이야기를 썼다. 재미있었다. 호주에서 호텔 레스토랑에서 면접을 보고 연락이 오길 기다리며 막일을 했다 한다. 저녁엔 게스트 하우스에서 짬뽕을 만들며 보낸 이야기도 재미있었다. 진솔한 이야기를 이렇게 재미나게 쓸 수 있을까. 그 글을 읽어 내려가다가 맛있는 짬뽕처럼, 금방 다 먹기 아까워 글이 얼마나 남았나 봐가며 읽었다. 나도 수필을 세프의 짬뽕 이야기처럼 재미있게 쓰고 싶은데 역량

부족이리라.

그 후 그는 눈 뜨면 레스토랑에서 일했고 눈 감으면 요리하는 꿈을 꿨다. 별것 아닌 짬뽕 국물 한 그릇에 담긴 비밀처럼 어려운 시간이었다고 했다. 짬뽕 국물의 비밀을 캐기 위해 지극히 노력한 셰프. 나는 재미있는 수필을 쓰기 위해 얼마나 노력했던가.

중국음식점에서 자장면과 짬뽕은 기본이 되는 음식이다. 그것이 맛있어야 손님들이 모여든다. 수필을 쓴 지 30년이 다 되어가지만, 아직도 한 편을 쓰려고 하면 처음 쓸 때처럼 어렵다. 어떻게 써내려 가야 할지 막막할 때 수필쓰기의 기본을 다시 생각한다.

서정숙 에세이

나비 날다